****

High Society -

Made In Germany

by

Judith Hohmann
****

Für

Mama & Polly

Eine Privatdetektivin, die von so manch einer unangenehmen Situation in die andere stolpert, verursacht nur zuletzt durch ihre etwas zurückhaltende Art, und eine junge Frau, die es mit Charme versteht, an Informationen jeglicher Art heranzukommen sowie ein angesehener Rechtsanwalt, der den Beiden hoch brisante Fälle zukommen lässt, versprechen ein interessantes Team zu werden, das sich in der High Society genauso wie in den tiefsten Schichten der Gesellschaft zum Grundsatz gemacht hat: Kampf dem Verbrechen…

…Einfach Made In Germany…

Hauptdarsteller:

Kirsten Berger — Detektivin

Susanne Marquart — Detektivin

Dr. Ulf Reuter — Rechtsanwalt

Stefan Hagen — Ex-Lover von Kirsten

Herstellung und Verlag:
BoD - Books on Demand, Norderstedt
ISBN 978-3-7392-8577-1

(c) J. Hohmann

Aus dem Inhalt:

Teil 1   Nacht der Versuchung

Eine junge Frau gerät in die Hände eines skrupellosen Rauschgifthändlers, der selbst vor Mord nicht zurückschreckt...

Teil 2   Nur ein kurzer Augenblick

Eine Designerin will vor ihrem Ex-Verlobten fliehen, der sie, egal um welchen Preis, zur Rückkehr zwingen will...

Teil 3   Zukunftsträume

Der Tod seiner Verlobten treibt einen jungen Mann in ein fast tödliches Spiel: Er will ihren Tod rächen...

Teil 1

Nacht der Versuchung

Detektivin werden kann doch gar nicht so schwer sein, denkt sich die attraktive Kirsten Berger, als sie sich selbständig machen will. Und Dank Ihres Auftraggebers, eines renommierten Rechtsanwaltes, der ihr den Hof macht, stolpert sie von so manch einer gefährlichen Situation in die andere.

Als sie jedoch eines Tages Susanne Marquart kennenlernt, ahnt sie noch nicht, dass sie von nun an in einen wirklich richtigen Fall verwickelt sein wird, um den sie nicht einmal die Polizei beneiden würde: Ein Fall, in dem es um Leben und Tod geht…

Nacht der Versuchung

Susanne Marquart wusste nicht mehr genau, wie lange sie dort am Fenster gestanden hatte. Sie hatte die Zeit genutzt, um ihre Augen mit Eis zu kühlen und ihr Gesicht zu lindern. Dennoch konnte sie nicht verbergen, dass sie Kummer, aber auch Angst hatte. Die Bindehaut ihrer Augen war leicht gerötet, die Lider noch ein wenig geschwollen, und um ihre Mundwinkel zuckte es.
'Warum dies alles?', begann sie sich zu fragen. Dabei musste sie doch froh sein, dass sie diesen Kerl nun endlich aus ihrem Leben streichen konnte. Nein, sie liebte ihn nicht mehr, aber sie hasste ihn umso mehr. Der Schmerz brannte noch genauso wie zu Anfang. Zwei Wochen waren seither vergangen, und doch dachte sie immer wieder daran zurück, wie der Streit wegen dieses blonden Fotomodells begonnen hatte. Und nun war es aus und vorbei zwischen ihnen.
Die junge Frau drehte sich um und blickte auf ein Bild, das auf einem Beistelltisch stand und einen gutaussehenden jungen Mann zeigte. Noch mehr Wut als zuvor stieg in ihr empor. Kurz entschlossen ging sie darauf zu, nahm es in die Hand und starrte wortlos darauf.

„Ich hasse dich, Jürgen Bennent!", schrie sie plötzlich, und fast im selben Augenblick knallte das Bild gegen die Wand.
Ein Scherbenregen prasselte auf den Fußboden, und ein Abschnitt ihres Lebens war beendet.
Es begann bereits zu dämmern, als Susanne wieder zu sich kam. Ihre Augenlider waren schwer wie Blei, und nur mühsam konnte sie sich an das entsinnen, was geschehen war. Sie richtete sich auf und sah sich im Zimmer um.
Wie es hier aussah', dachte sie.
Sie kroch vom Bett und ging in die Küche. Dort bereitete sie sich einen starken Kaffee zu.
Während sie die Tasse mit beiden Händen umfasste, fing sie an zu lachen. Es war eher ein erleichtertes Lachen. Sie war froh, dass sie nun endlich alles überstanden hatte.
Danach ging sie ins Badezimmer, hielt einen Lappen unter das fließende Wasser und presste ihn gegen die Stirn, als es plötzlich an der Haustüre klingelte.
Susanne blickte verwundert auf. Wer konnte das um diese Zeit denn nur sein? Ein Blick auf die Uhr verriet, dass es erst Viertel vor Sieben war.
„Ja", rief sie, als es erneut schellte. „Ich komme ja schon."
Eine junge dunkelhaarige Frau drehte sich zu ihr um, als sie Tür rasch öffnete, und starrte sie nicht wenig überrascht an.
„Guten Morgen", sagte Susanne mit etwas leiser, fast zittriger Stimme. „Was kann ich für Sie tun?"

„Aber ist das nicht...", ihr Gegenüber wirkte etwas irritiert. „Ist das nicht die Wohnung von Herrn Doktor Reuter?" Es schien sie verwundert zu haben, dass nicht Ulf Reuter, sondern eine junge blonde Frau vor ihr stand.
Susanne sah sie an. „Es tut mir schrecklich leid, aber Doktor Reuter wohnt schon seit geraumer Zeit nicht mehr hier."
Für einen Moment war der ganze Kummer von gestern Abend vergessen. Sie sah diese lustigen Augen unter den wuscheligen Haaren.
„Sie wissen nicht rein zufällig, wohin Herr Reuter verzogen ist?"
„Halt!", sagte Susanne plötzlich. „Ja, aber natürlich doch."
Röte stieg ihr ins Gesicht. Ihr war die Visitenkarte eingefallen, die ihr der Rechtsanwalt für Notfälle hinterlassen hatte. Darauf war auch die neue Anschrift vermerkt. „Treten Sie doch näher", sie bat sie herein.
„Ich möchte Ihnen nun wirklich keine Umstände machen", ein zögerndes Lächeln huschte über ihr Gesicht.
„Iwo, Sie machen mir doch keine Umstände", Susanne schüttelte heftig ihre langen Haare. „Möchten Sie vielleicht einen Kaffee, Frau...?" Sie schaute sie fragend an.
„Berger. Kirsten Berger."
Sie wechselten noch ein paar belanglose Worte miteinander, ehe sich Kirsten Berger von ihr verabschiedete. „Vielen Dank", sagte sie höflich und reichte ihr die Hand. Für einen Moment

ruhte ihr Blick auf ihrem Gesicht, und es schien, als wollte sie die Hand nicht mehr loslassen.
Susanne Marquart fühlte sich ein wenig verunsichert und zog ihre Hand rasch zurück.
Noch einmal blieb die junge Frau stehen und griff in ihre Jackentasche. Dann hatte sie ebenfalls eine Visitenkarte hervorgezogen und ihr gereicht. „Wenn Sie einmal Hilfe benötigen", sagte sie zögernd. „Ich stehe Ihnen immer und gerne zur Verfügung", fügte sie hinzu. „Also auf Wiedersehen, Frau..."
„Marquart. Susanne Marquart. "
Sie waren es beide, die schließlich zu lachen anfingen.
Susanne Marquart schloss sanft die Türe hinter sich und lehnte sich mit dem Rücken gegen sie. Die lustigen Augen dieser Frau, sie sah sie immer noch vor sich. So ein Mensch konnte niemals irgendwelche Probleme haben, oder?
Sie konnte nicht ahnen, dass sie Kirsten Berger schon bald wiedersehen würde.
Sie erinnerte sich an die Visitenkarte in ihrer Hand und las, was darauf geschrieben stand: „Detektei Berger, Schillerstraße."

Ulf Reuter lehnte sich in seinen Sessel zurück und fing an, sorgfältig seine Lesebrille zu polieren.
Kirsten Berger ließ sich ihm gegenüber in einem bequemen Sessel nieder und warf einen großen, braunen Umschlag vor ihn auf den Tisch. „Hier sind Ihre Aufnahmen", sagte sie scharf.

Der schon etwas graumelierte Mann lachte hell auf. „Sie sind vielleicht süß, Kirsten. Ich verstehe einfach nicht, wie eine junge Frau wie Sie, Sie sehen doch gut aus, noch nicht in festen Händen ist? Aus Ihnen werde ich einfach nicht schlau."
„Muss denn jede Frau, die gut aussieht, auch gleich vergeben sein? Sie wissen nur zu gut, wie sehr ich meine Freiheit liebe, Herr Reuter."
„Ulf, bitte."
„Gut, Ulf", sagte sie mit ruhiger, gelassener Stimme. Sie schwieg für einen Augenblick.
„Wenn ich etwas jünger wäre", er nahm den Umschlag zur Hand und öffnete ihn, „dann wäre ich sicherlich nicht so dumm..."
Aber Kirsten ließ ihn gar nicht erst ausreden und schnitt ihm spöttisch das Wort ab: „Ich weiß, dann hätten Sie mich vor den Traualtar geschliffen oder zumindest schon einmal versucht, mich ins Bett zu bekommen, nicht wahr?" Sie warf einen Blick auf den Umschlag. „Wäre es nicht besser, wir würden zum geschäftlichen Teil übergehen? Denn wir haben das andere Thema schon oft genug ausdiskutiert, oder?"
Ulf Reuter nahm einige Fotos aus dem Briefumschlag zur Hand und betrachtete eines nach dem anderen sehr aufmerksam.
„Die Unschuld von Borgmann dürfte nun endgültig bewiesen sein", sagte er nach einer Weile. „Das haben Sie, wie übrigens immer, wirklich fabelhaft gemacht. Was das Honorar betrifft, darüber könnten wir uns doch einmal

abends bei einem Glas Champagner unterhalten?"
„Nein!", ihre haselnussbraunen Augen hatten sich zu Schlitzen verengt und schimmerten gefährlich. „Sie wissen genau, wie meine Bankverbindungen lauten."
„Leider", sagte er mit einem leisen Seufzer. „Könnten Sie doch einmal das Geschäftliche mit dem Privaten verbinden?!"
„Ich glaube, dies wird kaum möglich sein", sie hatte sich bereits erhoben und war zur Tür gegangen. „Sie wissen genau, wie meine Einstellung zu Ihnen ist: 'rein geschäftlicher Natur. Und so wird es auch weiterhin bleiben, Ulf." Kirsten Berger sah ihn kurz stumm an. „Ach so, bevor ich es vergesse: Ich wäre Ihnen sehr dankbar, wenn Sie mir demnächst Ihre neue Adresse zukommen ließen, bevor Sie sich wieder einmal dazu entschließen sollten, umzuziehen."

Kirsten Berger hörte nicht mehr, was Ulf Reuter noch alles sagte. Die Tür fiel laut ins Schloss.
Im Wagen überlegte sie, warum sie sich immer auf Geschäfte mit ihm einließ, die nicht einmal so ganz legal waren. Was die Aufträge angingen, sie konnte sich ganz gut damit über Wasser halten. Schon viele Male hatte sie sich vorgenommen, den Hörer aufzulegen, wenn er wieder bei ihr anrief.
Zehn Minuten dauerte die Fahrt von Ulf Reuters Anwaltsbüro zu ihrer Detektei. In einer Nebenstraße hatte sie ihr rotes Cabriolet

abgestellt und war durch einen Hinterhof in den Altbau zu ihrem Büro, das zugleich ihre Wohnung darstellte, gelangt.

Als sie die beiden letzten Stufen genommen hatte, sah sie diese beiden Männer dort oben vor ihrer Wohnung stehen. Sie sah die beiden von oben herab an. „Die Herren wollen zu mir?" Ein mulmiges Gefühl überkam sie.

„Man hat meine Geschäfte aufgedeckt", sagte der große Hagere mit grauem, schütterem Haar. „Und wissen Sie weshalb? Einige Fotos einer gewissen Detektei Berger sind in den Umlauf der Behörden gelangt."

Ehe sich Kirsten auf irgendeine Weise dazu äußern konnte, hatte sie der zweite zu sich heraufgezogen und ihr gerade in die Augen gesehen. Um Kirstens Mundwinkel zuckte es.

„Ein Mann macht so etwas mit mir nicht, er wäre bereits tot", sagte er und kaute auf einer Zigarre herum.

„Welch' ein Glück für mich, eine Frau zu sein, wie?", die junge Frau versuchte zu lächeln.

„Eine kleine Lektion kann ich dir dennoch nicht ersparen, Kleine", sagte der andere. „Schließlich solltest du dir merken, dass man die Nase aus anderen Leuten Dinge herauslässt."

Kirsten Berger wurde zurückgestoßen und stürzte kopfüber die Stufen hinab. Die junge Frau konnte sich nur schwer aufrichten; alle Glieder taten ihr weh.

„Merk' dir das für alle Zeiten, meine Süße", sagte der kleinere und verpasste Kirsten einen Tritt in den Magen, als beide an ihr vorüber schlenderten.

„Verdammt", Kirsten Berger spürte, wie Blut aus ihrer Nase drang.

Es mochte bereits geraume Zeit vergangen sein. Doch Kirsten Berger wusste es nicht genau. Sie lehnte immer noch mit dem Rücken an der Hauswand und hatte sich mit der rechten Hand das Blut aus dem Gesicht gewischt. Recht schwerfällig hatte sie sich aufgerichtet.

Stefan, ihr Ex-Freund, hatte es immer wieder versucht, sie wegen der Gefahren, die ihr bevorstanden, davon abzubringen, eine eigene Detektei zu eröffnen. Vermutlich hatte er recht. Aber es war der Reiz an der Gefahr, dem Abenteuer, der sie dazu bewegte, sich selbständig zu machen. Auch wenn sie es einmal mit dem Leben bezahlen sollte, hatte sie damals zu ihm gesagt, wollte sie um alles in der Welt diesen Traum Wirklichkeit werden lassen.

Der Eisbeutel auf der Nase tat gut. Bis auf einige geprellte Rippen und Abschürfungen, die sie sich beim Sturz zugezogen hatte, fühlte sie sich fast wie neugeboren.

Sie hatte sich auf das bequeme Sofa im Wohnzimmer gelegt und starrte die Decke an. Nach einer Weile jedoch war sie vor Erschöpfung eingeschlafen.

Es war das Klingeln an der Wohnungstüre, das sie aufschrecken ließ. Benommen ging sie zur Tür und öffnete sie.

„Sie?", sie konnte ihre Überraschung kaum verbergen.

„Ich hoffe, ich störe nicht?" Susanne Marquart lächelte fragend.

„Aber nein", Kirsten bat sie herein. Sie nahm den Eisbeutel von ihrer Nase.

Während Susanne an ihr vorüberging, bemerkte sie die Verletzungen in ihrem Gesicht.

„Du liebe Zeit, was ist denn mit Ihnen geschehen?" Susanne schien besorgt. „Lassen Sie mich mal sehen."

„Es ist nicht weiter schlimm", wehrte Kirsten ab. Sie bat Susanne, sich zu setzen, als sie das Wohnzimmer betraten.

„Wirklich?" Susanne berührte eher etwas ungewollt eine ihrer Wunden im Gesicht. Sofort verzog Kirsten das Gesicht zu einer Grimasse.

„Wo ist das Bad?", fragte Susanne.

Kirsten wies mit dem Kopf auf eine Tür neben dem Wohnzimmer und gab einen leisen Seufzer von sich, weil die Bewegung ihr Schmerzen bereitet hatte.

„Ich frage mich nur", sagte Susanne, als sie nach einem Augenblick mit einer Flasche Jod und einigen Papiertaschentüchern in der Hand aus dem Badezimmer kam, „wie Sie das angestellt haben?"

„Berufsrisiko", Kirsten misslang ein Lächeln.

Susanne hatte sich neben sie auf das Sofa gesetzt. Sie schraubte den Verschluss des Fläschchens auf, ließ ein paar Tropfen Jod auf ein Tuch träufeln und strich damit über eine Wunde in ihrem Gesicht. Sie registrierte dabei, dass Kirsten zusammengezuckt war, als sie die Wunde mit dem Jod desinfizierte. „Das tut mir leid." Ein zartes Lächeln huschte über ihr Gesicht. Sie behandelte Kirstens Wunden sehr behutsam, denn sie wollte ihr nicht mehr als unbedingt notwendig weh tun.

„Wissen Sie, weshalb ich immer wieder in diese chaotischen Situationen komme?"

„Nein."

„Ich kann einfach nicht 'Nein' zu Rechtsanwalt Reuter sagen."

Für einen Augenblick sahen sie sich schweigend an und fühlten sich aller Sorgen ledig.

Erst das Telefon, das kurz darauf läutete, ließ sie das Gefühl überkommen, als seien sie verraten worden. Wieso sie dies dachten, wussten sie nicht genau. Und bevor Kirsten den Hörer abnehmen konnte, verstummte das Telefon auch schon wieder.

Kirsten hatte nicht bemerkt, wie sie aufgestanden und ins Bad gegangen war.
Susanne sah leer vor sich hin, ihre Augen blind vor Tränen.
'Ich muss mich zusammenreißen', dachte sie verzweifelt. Sie nahm eines der Papiertücher zur Hand und wischte sich die Tränen ab, die ihr über das Gesicht liefen.
„Alles in Ordnung?", vernahm sie plötzlich Kirstens fragende Stimme im Hintergrund. Sie drehte sich um und sah wieder jene Augen, die

sie seit jenem Morgen nicht mehr vergessen konnte. Es war dieses unbeschwerte Lächeln, das sie so fasziniert hatte.

Susanne nickte. Sie wusste, dass sie log. Warum sie dies jedoch tat, konnte sie nicht sagen. Ihr wäre aber wohler gewesen, sie hätte eher die Wahrheit gesagt und Kirsten um ihre Hilfe gebeten, die sie doch so dringend brauchte. Aber irgendetwas in ihr hinderte sie daran. Sie wollte diese Frau nicht auch noch in Schwierigkeiten bringen. Sie selbst steckte schließlich schon tief genug drinnen.

„Was ist los? Sie haben doch irgendwelchen Kummer?", fragte Kirsten besorgt.

„Kann ich Ihnen wirklich nicht helfen?"

"Es ist wirklich nichts", sagte Susanne heftig. „Ich glaube, ich muss jetzt gehen. Es ist schon spät."

Susanne machte einen Schritt zur Tür. Sie wirkte ein wenig hilflos. Aber sie durfte nicht nachgeben, nicht jetzt.

Dann warf sie ihre Jacke über die Schulter, griff nach ihrer Handtasche und warf Kirsten ein erstarrtes Lächeln zu.

"Sie wollen sicher schon gehen?" Kirsten war näher an sie herangetreten und sah sie an. Sie tat ihr leid, und sie wusste, wie banal diese Worte in dieser Situation klangen.

Susanne senkte ihren Blick. „Es wird Zeit für mich und...", sie brach ab.

„Was ist los mit Ihnen, Susanne?" Ihr Blick war ernst geworden. „Sie wissen, dass ich Ihnen meine Hilfe angeboten habe?! Und ich merke, dass Sie irgendetwas bedrückt."

Die junge Frau drehte den Kopf zur Seite, um ihrem aufmerksamen Blick zu entgehen.

Mit einem Mal drehte sie sich abrupt um, öffnete die Wohnungstüre und ging mit geradem Rücken hinaus.

Ehe die Tür ins Schloss fallen konnte, hörte Kirsten noch, dass Susanne einen Seufzer im Treppenhaus ausstieß. Langsam verhallten die Schritte auf dem Steinboden.

Susanne Marquart befand sich auf der Straße. Dunkelheit umgab sie. Endlich konnte sie ihren Tränen freien Lauf lassen. Noch einmal drehte sie sich um und blickte zum Fenster hinauf, hinter dem sich die Wohnung von Kirsten Berger befand. Immer noch hatte sie die Möglichkeit, zurückzukehren und mit offenen Karten zu spielen.

Doch sie wollte nicht, dass Kirsten wegen ihr in Gefahr geriet. Sie selbst steckte bereits mit dem Hals in der Schlinge.

Jäh erwachte sie aus ihrer Versunkenheit. Sie spürte jemandes Atem in ihrem Nacken.

„Kirsten?" Sie wollte sich umdrehen, aber noch bevor sie Luft holen konnte, legte sich eine kräftige Männerhand auf ihren Mund. Und dann sah sie die schwarze Limousine, die um die Ecke bog.

Als der Fremde kurz seine Aufmerksamkeit von ihr ließ, um die Autotür zu öffnen, wusste sie schlagartig, was sie zu tun hatte.

„Kirsten! Zu Hilfe, Kirsten!", schrie sie mit sich überschlagender Stimme, in der Hoffnung, dass die junge Frau sie doch noch hören und ihr zu Hilfe eilen konnte. Sie spürte jedoch nur noch einen harten Schlag auf ihrem Kopf. Ihre Beine gaben nach und alles um sie herum versank in Dunkelheit.

„Dumme Gans!" Der Fremde tobte und stieß die wie leblos wirkende Gestalt, die jetzt schwer in seinen Armen lag, in den Wagen hinein.

Er warf die Autotür hinter sich zu, schnellte nach vorn und stieg ebenfalls in das Fahrzeug.

Kirsten Berger nahm je zwei Treppenstufen auf einmal und schlug die Haustüre mit einem lauten Knall fest gegen die Wand.

Nun stand sie draußen, mit entsicherter Pistole in der Hand und blickte dorthin, wo man Susanne kurz zuvor in den Wagen gestoßen hatte.

„Was ist hier geschehen?" Die junge Frau fuhr mit der linken Hand durch ihr kurzes struwweliges Haar.

Sie blickte schnell in beide Richtungen, aber es war niemand auf der Straße. Was sollte sie nur tun?

Sie trat einen Schritt näher an den Rinnstein heran. Plötzlich stutzte sie. Kirsten bückte sich, um eine Tasche aufzuheben. Es war Susannes Handtasche, die ihr aus den Händen geglitten sein musste.

Sie fand an diesem Abend keine Antwort mehr auf ihre Fragen, die sie beschäftigten. Und sie fand in dieser Nacht keinen Schlaf mehr.

Kapitel 2

Ulf Reuter blickte nachdenklich auf das Foto des jungen Mannes, welches unter Scherben verstreut auf dem Fußboden gelegen hatte.

Die Wohnung war eigentlich sehr geschmackvoll eingerichtet, musste sich der Rechtsanwalt eingestehen. Sie wirkte jedoch zu diesem Zeitpunkt etwas unordentlich.

Kirsten Berger hatte währenddessen einen Blick in einige Schubladen geworfen und war dabei auf einen Schlüssel gestoßen, der zu einem Schließfach gehören musste. An diesem Schlüssel war ein Zettel angebracht, auf dem das Datum des vorhergehenden Tages vermerkt war.

„Wir sollten uns vielleicht die Schließfächer im Hauptbahnhof ansehen", schlug sie vor, als sie durch die Schlafzimmertür trat. „Wir könnten dort womöglich einen Hinweis auf Ihr Verschwinden finden." Sie hielt den Schlüssel in die Höhe.

Ulf Reuter nickte.

„Wer ist das?", wollte Kirsten wissen. Sie warf einen Blick auf das Foto.

„Das allerdings wüsste ich auch gerne."

Kirsten dachte an Susanne. Wenn ihr bloß nichts zugestoßen war. Ja, sie machte sich große Sorgen um sie.

Kirsten Berger und Ulf Reuter sahen den metallicblauen Sportwagen nicht mehr, der, kurz nachdem sie die Wohnung verlassen hatten, hinter ihnen vor dem Haus zum Stehen kam.

Zwei dunkel gekleidete Männer stiegen aus und eilten zum Hauseingang hinüber.

Der Weg von Susannes Wohnung zum Bahnhof betrug etwa zwanzig Minuten. Er führte direkt durch die Innenstadt. Und diese war noch recht belebt. Durch ihr Neonkleid, das sie jetzt umhüllte, wirkte sie befremdend auf Kirsten. Menschen machten eilig ihre Einkäufe, um nicht die letzten Straßenbahnen zu verpassen.

Und noch einmal hatte ein Schub von dichtem Feierabendverkehr eingesetzt. Ein feiner Nieselregen bedeckte die Scheiben von Ulf Reuters Wagen.

Der Rechtsanwalt lenkte den Wagen mit Vorsicht durch den Verkehr. Kirsten schwieg die Fahrt über. Sie blickte nach draußen auf die Straße.

„Sie machen sich Sorgen um diese Frau, nicht wahr?" Ulf wusste, dass sie nicht zugehört hatte. Ihm war aufgefallen, dass sie mit ihren Gedanken ganz woanders zu sein schien.

„Was?" Sie fuhr sichtlich erschrocken zusammen. „Es tut mir leid, aber ich habe nicht ganz verstanden, was Sie eben sagten."

„Ich weiß", sagte er mit ruhiger Stimme. „Die Sache mit dieser jungen Frau scheint sie wohl sehr mitgenommen zu haben, wie?"

„Mich?" Ein eher gespieltes Lächeln huschte über ihr Gesicht. „Wie kommen Sie darauf?"

„Wissen Sie eigentlich, was mich an Ihnen und Ihrem Beruf stört?" Er sah sie von der Seite an. „Sie steigern sich mit Ihren Gefühlen zu sehr in die Fälle hinein."

„Ist das etwa ein Fehler?"
Langsam fuhr der Rechtsanwalt den Wagen auf einen der vielen Parkplätze vor dem Bahnhofsgebäude und stellte den Motor ab.
Kirsten Berger zog die Augenbrauen zusammen, als sie das Schließfach öffnete. Was wollte Susanne mit diesem Aktenkoffer, fragte sie sich. Sie zog den schwarzen Lederkoffer aus dem Fach und legte ihn auf einen kleinen Tisch, der in der Nähe stand.
Ulf Reuter öffnete ihn.
Es war der Inhalt, der beiden zunächst die Sprache raubte.
„Das ist ja..."
„Reines Heroin, auf dem Markt einige Millionen wert", ergänzte unverhofft eine sonore Männerstimme hinter ihnen. „Allerdings täten Sie beide besser daran, mir den Koffer jetzt auszuhändigen."
Kirsten drehte sich langsam um und starrte direkt in den Lauf eines Revolvers mit Schalldämpfer. Interessant, dachte sie. Jetzt war sie inmitten der Rauschgiftszene gelandet. Aber was hatte Susanne damit zu tun?
„Los, geben Sie schon her!", sagte der Mann und streckte ihnen die Hand entgegen. „Ich habe nicht viel Zeit."
Ulf Reuter hatte den Koffer verschlossen und ihn vom Tisch gezogen. Mit der rechten Hand hielt er ihn fest umklammert. „Nein, Sie bekommen den Koffer nicht", sagte er mit fester Stimme. „Ich wüsste was besseres, als ihn Ihnen zu geben."

Kirsten sah ihn von der Seite her erstaunt an. So hatte sie ihn zuvor noch nie erlebt. Ihre Augen weiteten sich. Was zum Kuckuck hatte er nur vor? Sie sah, dass der Fremde unruhig zu werden schien. Und sie war sich vollkommen im Klaren darüber, dass er mit Sicherheit von seiner Waffe Gebrauch machen würde, falls er den Koffer samt Inhalt nicht bekam.
Der Mann kaute nervös auf seiner Zigarette herum und schleuderte sie schließlich halb geraucht in eine Ecke.
„Wenn Sie es wagen sollten, uns hier umzulegen", begann Ulf Reuter", hätten Sie binnen weniger Minuten die Bahnpolizei am Hals. Wie wollen Sie denen erklären, woher Sie diesen Koffer, gefüllt mit reinem Heroin, haben? Ganz zu schweigen von den beiden Leichen, die hier gefunden würden?" Er warf einen Blick auf den Revolver. „Ist doch auch mal was feines, einen Zug im Schachspiel zu haben."
„Sie wollen hier doch nicht etwa damit anfangen, mir ein Geschäft vorzuschlagen?" Der Mann zog die Augenbrauen zusammen. „In Ihrer Situation?" Er wirkte unsicher. Womöglich hatte der Rechtsanwalt recht. Wenn er sie erschießen würde, hätte er innerhalb kürzester Zeit die Polizei im Genick. Der Bahnhof wäre systematisch abgeriegelt. Er riss sich zusammen: „Wie lautet Ihr Vorschlag, den Sie mir unterbreiten wollen?"
„Als Geschäft wollen wir es doch lieber nicht bezeichnen, eher als eine Art Tausch",

entgegnete Ulf. „Und zwar Susanne Marquart gegen diesen Koffer hier. Ich liege doch sicher richtig in der Annahme, dass Ihr die Frau in eurer Gewalt habt, oder?"

„Daher weht also der Wind", sagte der Mann mürrisch.

Ehe Ulf Reuter noch irgendetwas hinzufügen konnte, hatte sich aus der Pistole ein Schuss gelöst und sich dicht neben seinem Kopf in die Wand gebohrt.

"So nicht, Freund!" Der Rechtsanwalt riss den Koffer auf und schleuderte ihn dem Fremden mit voller Wucht in dessen Bauch. „Mein Geschäft gilt: Die Frau gegen den Koffer. Ihr wisst, wo Ihr mich finden könnt. Ich stehe sogar in jedem Telefonbuch."

Der Mann bäumte sich auf und stürzte benommen zu Boden.

Dann griff Ulf nach Kirstens Hand und lief rasch Richtung Ausgang.

„Woher sind Sie so sportlich?", fragte Kirsten grinsend und war zu Ulf in den Wagen gestiegen. „Außerdem haben Sie geflunkert, als Sie zu diesem Kerl meinten, dass ihm die Polizei sofort auf den Fersen wäre, wenn er uns erschießen würde. Sie wussten doch, dass er einen Schalldämpfer hatte."

„Glauben Sie, alle Rechtsanwälte seien unsportlich, bequem und säßen nur zurückgelehnt im Sessel?", lachte er und sah auf den Koffer hinab. „Überdies sollte man auch ein wenig gewieft sein, sonst kommt man nicht weiter. Das müssten Sie doch selbst bestens wissen." Er machte eine kurze Pause, dann fügte er hinzu: „Langsam beginnt die Sache interessant zu werden, Kirsten."

Im Raum war es dunkel. Die Rollläden waren heruntergelassen, und durch einen Türspalt drang Licht. Aus einer Ecke heraus konnte man das schwere Atmen einer jungen Frau vernehmen. Die schemenhaften Umrisse einer schlanken Gestalt waren nur schwer zu erkennen.
Susanne Marquart kniete auf einer alten, abgenutzten Matratze, den Kopf in die Hände gestützt, und wagte nicht einmal mehr, den Blick zu heben. Sie fror.
Sie dachte über ihre Vergangenheit nach, bereute den Zeitpunkt, als sie Jürgen Bennent kennengelernt hatte. An die Zukunft mochte sie gar nicht mehr denken. Hatte sie denn überhaupt noch eine?
Seit etwa vierundzwanzig Stunden war sie nun in diesem Raum gefangen. Sie wusste nicht einmal, was mit ihr geschehen würde. Sie hatte sich sogar damit abgefunden, dieses Gefängnis, in dem sie sich befand, lebend verlassen zu können. Es war ein Fehler gewesen, sich an Jürgen rächen zu wollen. Sie wollte ihm nur zeigen, dass er nicht mit ihr machen konnte, was er wollte. Nein, sie war nicht einfach nur ein Spielball für ihn. Susanne wusste von seinen Geschäften, und das war ihr vorzuwerfen. Sie hatte einmal sogar mit

angesehen, wie er eines dieser 'Geschäfte', wie er sie umschrieb, ausführte und einen Menschen tötete. Es widerte sie an, was er tat. Aber sie hatte stets die Augen vor der Wahrheit verschlossen. Sie wollte einfach alles akzeptieren, solange er nur bei ihr blieb. Sie hatte Liebe mit Abhängigkeit und Besessenheit verwechselt. Die Folgen bekam sie nun am eigenen Leib zu spüren.

Sie erinnerte sich an den Tag, als er ihr gefühlskalt an den Kopf warf, dass es aus zwischen ihnen sei. An jenem Tag, da schwor sie ihm Rache und wollte ihn dafür der Polizei ausliefern. 'Der Koffer mit dem Rauschgift ist Beweismittel genug', dachte sie damals und wiegte sich in Sicherheit. Doch leider war er zu früh dahinter gekommen, und nun wollte er den Koffer, ehe er bereit dazu war, auch sie zu töten.

Susanne Marquarts Augen wurden geblendet, als sich die Tür auf der anderen Seite des Raumes nach innen schob.

Ein Mann trat ein und trat dicht an sie heran.

„Herr Bennent will dich sehen", sagte er und zog sie unsanft an der Hemdbrust nach oben.

Die junge Frau riss sich zusammen, als sie auf dem Holzstuhl Platz nahm. Der Lichtpegel einer Schreibtischlampe traf sie genau ins Gesicht. Vor dem hellen Licht musste sie die Augen schließen; es schmerzte.

„Hallo Schätzchen", vernahm sie Jürgens Stimme.

Susanne riss die Augen auf. Nur langsam gewöhnte sie sich an das grelle Licht.

„Ich muss dich loben. Du musst ja eine mächtige Sympathie auf andere auswirken, dass sie ihr Leben sogar für dich riskieren." Die Lampe wurde zur Seite geschwenkt, und nun konnte Susanne in das Gesicht ihres ehemaligen Freundes blicken. Doch sie verstand nicht so recht. Andere, die ihr Leben für sie riskierten? Sie sah ihn fragend an.

„Leider habe ich da einige Unannehmlichkeiten wegen dir bekommen, Schatz", sagte er kalt. „Aber mit ein wenig Glück werde ich auch diese überwinden. Du wärst jetzt sicherlich nicht in einer solch misslichen Lage, wenn du mir gleich gegeben hättest, was mir gehört." Jürgen Bennent trat hinter dem Tisch hervor. Er griff nach Susannes Kinn, riss ihren Kopf hoch und sah sie durchdringend an. Dann sagte er drohend: „Was wissen dieser Rechtsanwalt und diese kleine dreckige Privatdetektivin von dieser Sache? Inwieweit sind Sie über meine Machenschaften informiert?"

„Sie wissen nichts", gab Susanne zur Antwort. „Gar nichts."

„Sie müssen aber darüber Bescheid wissen!", schrie er sie wütend an. „Sonst wäre ihnen nicht bekannt, dass du dich in meiner Gewalt befindest."

Susanne hatte ihre Augen gesenkt. Kirsten Berger war also auf der Suche nach ihr. Sie hatte demnach eine Spur gefunden. Unter Umständen war doch nicht alles umsonst? Im Innern stieg mit einem Mal Hoffnung in ihr auf. Ihr Herz hämmerte laut, und ein kleines Lächeln huschte über ihr Gesicht.

„Freue dich bloß nicht zu früh", seine Stimme war gefährlich leise geworden, und sein Blick durchbohrte sie fast. „Zuerst mache ich deine beiden Freunde fertig, und schließlich DICH. Auf einen Mord mehr oder weniger kommt es mir nun nicht mehr an. Hättest du dich nicht eingemischt, befändest du dich nun nicht in dieser Lage hier." Er warf dem Mann, der direkt hinter ihr stand, einen kurzen Blick zu. „Schaffe sie mir aus den Augen!"

„Sie glauben doch nicht etwa, dass Susanne etwas mit dem Rauschgift zu tun haben könnte?" Kirsten Berger warf dem Rechtsanwalt einen entrüsteten Blick zu. Dann sah sie auf die dicht nebeneinander aufgereihten Beutel auf dem Schreibtisch.

„Ich glaube noch überhaupt nichts." Ulf griff zum Telefonhörer und wollte eine Rufnummer eintippen, als er noch einmal zu Kirsten aufsah. „Ich werde mir zuerst einmal ein paar Informationen vom Rauschgiftdezernat einholen."

„Was?" Kirsten war es, als würde sie den Boden unter den Füßen verlieren. Auf einmal war sie sogar nicht mehr so recht von Susannes Unschuld überzeugt. Denn wenn sie an den Kerl im Bahnhof zurückdachte, kamen ihre Gefühle doch ins Schwanken. Innerlich war sie zerrissen. Und nun, durch diesen von außen so belanglosen Koffer, mit dem Susanne womöglich nichts zu tun hatte oder möglicherweise nur ungewollt in etwas hineingeschlittert war. Sollte dieses vertraute Verhältnis, was zwischen ihnen seit Anfang zu herrschen schien, zunichte sein? Nein, obwohl doch anfänglich Zweifel in ihr aufstiegen, wehrte sie sich nun heftig dagegen.

„Ich werde mir nur Einsicht in ein paar Fahndungsfotos verschaffen. So können wir vielleicht erfahren, wer diese Typen eigentlich sind."

Bevor er fortfahren konnte, hatte sich am anderen Ende der Leitung bereits Kommissarin Schäfer gemeldet. Er wusste, dass er noch einige Gefälligkeiten bei ihr gut hatte, und nun war die Gelegenheit, sich bei ihr zu revanchieren.

„Und?", wollte Kirsten wissen, nachdem Ulf den Hörer wieder eingehängt hatte.

„Ich werde morgen zu ihr fahren und Einblick in die Kartei nehmen."

„Morgen erst?" Ihre Augen hatten sich erstaunt geweitet. „Sie könnten doch heute noch…"

Ulf Reuter funkte sie gespielt grimmig an. „Nein, Kirsten. Haben Sie schon einmal einen Blick auf die Uhr geworfen. Mein Dienst ist für heute beendet. Und meinen Feierabend würde ich auch noch gerne haben."

Kirsten sprang auf. „Ist das Ihr letztes Wort? Ein Leben steht vielleicht auf dem Spiel, und Sie denken an nichts anderes als den Feierabend", rief Kirsten erbost. Sie hoffte, dass er es sich möglicherweise doch noch einmal überlegte.

Ulf Reuter verdrehte die Augen. „Nun sehen Sie mich nicht so herzerweichend an. Etwas werde ich Ihnen jetzt schon verraten, damit Sie diese Nacht schlafen können. Ich kenne nämlich den Mann auf dem Foto." Er machte eine kurze Pause. Dann sagte er: „Samstagabend werde ich ihn Ihnen vorstellen, wenn Sie mir die Freude machen, mich auf den Empfang meines Vaters zu begleiten."

„Sie sind ein Schuft!" Kirsten drehte sich auf dem Absatz um und verließ tobend das Büro des Anwaltes. Sie sah noch den triumphierenden Blick des Mannes. Nie hätte sie von ihm gedacht, dass er sie so hereinlegen würde.

Sie wusste schon länger, dass er ein Auge auf sie warf. Aber sollte dieser Typ sich ja nicht einbilden, dass er ihr dadurch imponieren konnte.

Kapitel 3

„Sie sehen bezaubernd aus", sagte Ulf Reuter bewundernd, als er die Beifahrertür seiner Limousine öffnete.

„Danke", Kirsten biss sich auf die Lippen und stieg in den Wagen. Es war das allererste Mal, dass sie auf einen Empfang ging. Ulf Reuter hatte sich schließlich jegliche Mühe gegeben, dass sie an diesem Abend seine Begleiterin war, und er war so lange hartnäckig geblieben, bis sie zugestimmt hatte. Wenn auch ein wenig Erpressung im Spiel war, was das Vorstellen des Mannes auf dem Foto anging. Sie sollte Jürgen Bennent kennenlernen, den Sohn des Industriellen Joachim Bennent, 'der Mann' in dieser Stadt, Manager einer der größten Chemiekonzerne.

Schon nach kürzester Zeit wurde der junge Rechtsanwalt um seine attraktive Begleiterin beneidet. Kirsten Berger war zum Mittelpunkt der Gesellschaft geworden.

Karl Reuter schien zufrieden mit seinem Sohn, der Junggeselle war. Es wurde sogar gemunkelt, dass Kirsten seine Schwiegertochter werden würde.

Leider fiel es Ulf zunehmend schwer zuzugeben, dass Kirsten 'nur' seine Geschäftspartnerin war. „Schade", Karl Reuter klopfte seinem Sohn freundschaftlich auf die Schulter und nahm ein Glas mit Champagner vom Tablett, mit dem ein Kellner an den beiden Männern vorüberging. „Mir hätte sie als Schwiegertochter gefallen."

Es dauerte nicht lange an diesem Abend, bis Kirsten es geschafft hatte, mit Jürgen Bennent in Kontakt zu treten. Vielleicht lag es jedoch nur an ihrem enggeschnittenen Kostüm und ihrem Auftreten, an dem sein Blick zuerst haften geblieben war. Sie wusste es nicht genau. Aber sie konnte auch nicht ahnen, dass er sie bereits kannte.

„Sie sind tatsächlich die Begehrteste, Kirsten", Jürgen Bennent reichte ihr ein Glas mit Schampus. „Sehen Sie nur den eifersüchtigen Blick meiner Verlobten dort drüben."
'Alle Männer sind gleich', sagte sich Kirsten. Sie spürte, wie er sie mit den Augen zu verschlingen schien, und ein Schauer rieselte über ihren Rücken. Ihr Sex-Appeal war es, welches ihn dazu bewegte, sie wie jede andere Frau, alkoholisiert oder nüchtern, auf der Stelle abzuschleppen und

irgendwo im Bett seiner Meinung nach glücklich zu machen.

Dann sah sie Krystina Wegeners Blick, der ihr das Blut in den Adern zu Eis gefrieren ließ. Ihr Verdacht, dass auch er so bettfreudig war, bestätigte sich nur, als er auch sie figurbetont betrachtete.

„Wussten Sie eigentlich, dass Krystina Fotomodell und von den Verlagen der ganzen Welt umworben ist?" Er lächelte selbstgefällig.

„Dann können Sie sich vorstellen, dass sie das keineswegs beruhigt, dass Sie heute der Mittelpunkt sind. Aber das ist irgendwie auch kein Wunder..."

„Ich glaube, ich brauche zum ersten Mal in meinem Leben eine Zigarette." Kirstens Gesicht verzog sich zu einer Grimasse, als Ulf mit ihr die Villa des Vaters verließ. „So viel Stress habe ich ja noch nie erlebt."

„Ist das verwunderlich?", schmunzelte Ulf. „Sie waren ja schließlich die Schönste von allen. Haben Sie den neidischen Blick von Krystina Wegener gesehen? Selbst, als mein Vater erfahren hat, dass Sie Privatdetektivin sind, war er sichtlich überrascht."

„Weshalb? Ist er etwa der Meinung, dass ich besser in Glaswolle eingepackt gehöre, damit dem teuren Stück ja nichts passiert?" Kirsten verspürte plötzlich, wie voll ihr Maß war.

Sie fühlte sich elend, und Übelkeit stieg in ihr empor, als sie noch diese gierigen Blicke der Männer dort drinnen vor sich sah. „Wissen Sie wirklich, wie ich mich dort drinnen fühlte?", brauste sie auf. „Haben Sie sich nicht einmal Gedanken darüber gemacht?" Sie war stehen geblieben. „Aber ich denke, nichts haben Sie! Ich fand es zum Kotzen dort drinnen, kam mir vor wie auf dem Präsentierteller. Jeder von diesen spitzen Junggesellen oder unglücklich verheirateten Ehemännern hat mich nicht anders betrachtet, als sei ich Freiwild, das man über Nacht einmal abschleppen könnte, und zwar ins Bett. Und die Frauen haben mich angesehen, als wollten sie gleich mit dem Messer auf mich losgehen."

Ulf Reuter wusste nicht, was er darauf erwidern sollte. Es hatte ihn einfach sprachlos gemacht, diese Frau so reden zu hören. „Aber..."

„Ich bin noch nicht fertig", schnitt sie ihm einfach das Wort ab. „Ich wollte Ihnen noch sagen, dass ich mir ein Taxi nehme, das mich nach Hause bringt. Also versuchen Sie ja nicht, mich davon zu überzeugen, mich fahren zu wollen. Es wäre zwecklos." Sie ging schnurgerade an seinem Wagen vorbei.

Noch einmal drehte sie sich um und sah Ulf an. „Noch was: Ich treffe mich mit diesem gebügelten Affen von Bennent wieder, wenn Sie das interessieren sollte. Und zwar schon morgen. Gute Nacht."

Diese Frau gefiel ihm immer mehr, musste sich Ulf gestehen. Temperament hatte sie nun wirklich.

Kirsten Berger fröstelte. Sie stand an einer Telefonzelle, mitten in der Stadt, hatte den Mantel bis hoch zum Kinn gezogen und wartete darauf, dass ein Taxi vorfuhr.

Sie wusste nicht genau, wie lange sie dort gestanden hatte. Das Motorengeräusch eines dunklen Sportwagens ließ sie aufschrecken. Und ihr Gesichtsausdruck veränderte sich, als der Wagen vor ihr zum Stehen kam.

Die Scheibe der Beifahrertür wurde heruntergelassen.

„Wollen Sie hier noch lange warten?", fragte Jürgen Bennent. „Es ziehen bereits Wolken auf, und es würde mich nicht im Geringsten wundern, wenn es gleich zu regnen anfinge. Kommen Sie schon, ich bringe Sie nach Hause."

Kirsten Berger überlegte eine Weile. Und obwohl sie etwas in ihrem Innern versuchte daran zu hindern, stieg sie dann aber doch ein.

„Hatten Sie Streit mit Ulf Reuter?", er sah sie fragend an, während er losfuhr. „Ich habe gesehen, wie Sie beide die Villa verließen."

„Sie haben mir nachspioniert?"

„Nein, Sie haben nur nicht wahrgenommen, dass ich kurz nach Ihnen den Empfang verließ", erwiderte der junge Mann darauf.

„Nein, das habe ich tatsächlich nicht. Aber wo ist eigentlich Ihre Verlobte? Wie hieß sie noch gleich, Krystina?"

„Ich habe Ihnen doch erzählt, dass sie ziemlich eifersüchtig reagiert. Und sie hat mir noch eine gewaltige Szene gemacht."

Als Jürgen Bennent vorgefahren war und sich Kirsten von ihm verabschieden wollte, sagte er: „Wollen Sie mich nicht noch hereinbitten?"
„Wissen Sie denn überhaupt, ob ich das möchte?" Kirsten sah ihn von unten herauf an.
„Ich weiß, dass Sie diese Nacht nicht alleine verbringen möchten", sagte er mit ruhiger Stimme, und er stellte den Motor ab.
„Du bist der perfekte Liebhaber", Kirsten griff zum Beistelltisch und holte ein Glas zu sich herüber. Dann nippte sie daran.
„Und du eine phantastische Frau", lächelte Jürgen und zog sie zu sich hinauf, um ihr einen Kuss auf die Stirn zu verpassen. „Das einzige, was mich etwas störte, ist dein Bett. Es ist durch gelegen."
„Was ist", Kirsten nahm einen Schluck, „wenn Krystina davon erfährt?"
„Was soll schon sein? Sie wird einfach nichts davon erfahren, Schätzchen", sagte er. „Dir war doch wohl klar, dass ich nur auf ein Abenteuer aus war? Und bis jetzt hat sie nie davon etwas mitbekommen, wo ich des Öfteren gewesen bin. Sie ist zwar eine bildschöne Frau, aber ihre inneren Werte sind schwach. Äußere Fassade, und ich finde es schön, mit solch' einer Frau woanders auftreten zu können, weißt du? Aber andererseits bin ich der Meinung, dass eine Frau nicht zu denken braucht. Das sollte sie schon dem Mann überlassen."
'Mieser Kerl', dachte Kirsten.

Ehe sie etwas darauf erwidern konnte, drehte er sich zur Seite und zog die junge Frau zu sich herauf. So verhinderte er mit Leichtigkeit, dass sie etwas sagen konnte.

„War es eine schöne Nacht?" Ulf Reuter lehnte in seinem Sessel und füllte ein Glas mit Mineralwasser. „Ich dachte, Sie wollten sich heute erst treffen?"

Das durfte doch nicht wahr sein. Kirsten dachte, sich verhört zu haben. „Spionieren Sie mir etwa nach?"

Hass erfüllte sie. Dieser Kerl hatte es doch tatsächlich gewagt, ihr vergangene Nacht nachzufahren, um sie zu beschatten. Was fiel ihm überhaupt ein? Plötzlich fiel es ihr wie Schuppen von den Augen. Das war es also: Eifersucht. Kirsten fasste sich.

„Ich spioniere Ihnen sicher nicht nach, Kirsten", sagte Ulf. „Ich mache mir nur Sorgen um Sie. Dieser Kerl ist ein Weiberheld, der, wie Sie es bereits vergangene Nacht ja selbst erklärten, nur auf Abenteuer aus ist. Und waren Sie nicht der Meinung, dass Sie das nicht tun würden? Oder war dies rein geschäftlicher Natur heute Nacht?"

Diesmal verschlug es Kirsten Berger die Sprache. Nie hätte sie gedacht, dass es ihr einmal passieren könnte, dass sie nicht mehr wusste, was sie hätte auf so etwas antworten sollen.

„Habe ich Sie etwa an einem Ihrer empfindlichen Punkte getroffen? Das täte mir wirklich leid."

Beide schwiegen für eine Weile.

„Falls es Sie interessieren dürfte", sagte Ulf, „ich habe Erkundigungen über Bennent eingezogen. Er ist kein unbeschriebenes Blatt bei der Polizei. Nur leider konnte man ihm bisher nichts nachweisen, zumindest was Rauschgift anging. Auch in einem Mordfall konnte man ihn nicht festnageln. Dann hat sich noch ein Verbindungsmann heute früh gemeldet - wegen des Koffers. Sie sind von dem Vorschlag nicht abgeneigt."

„Ich habe es mir anders überlegt", sagte Kirsten urplötzlich.

„Was?"

„Ich werde den Fall selbst zu Ende verfolgen", sagte sie und erhob sich vom Sessel. „Ich danke Ihnen für Ihre bisherige Hilfe, Herr Reuter. Aber ab hier trennen sich unsere Wege. Ich komme ganz gut ohne Sie zurecht."

„Wie ein trotziges kleines Kind", sagte Ulf beinahe tonlos. „Damit werden Sie mit Sicherheit nicht weit kommen, Kirsten."

„Leben Sie wohl", mit diesem Satz war sie auch schon verschwunden. Wie ein trotziges kleines Kind? Was bildete sich dieser Kerl von Rechtsanwalt eigentlich ein? Er war gerade mal zehn Jahre älter als sie, und schon tat er so, als wäre er ihr Vater.

Sie wollte gerade in ihren Wagen einsteigen, als sie diese schwarze Limousine auf der anderen Straßenseite stehen sah. Der Anblick bereitete ihr Unbehagen. Und als sie den Türgriff fester umgreifen wollte, dachte sie auf einmal, es war vielleicht ihre weibliche Intuition, dass der Wagen mit einer Sprengladung versehen sein könnte, und sie sprang noch rechtzeitig zur Seite, als sie auf einmal diese ohrenbetäubende Detonation vernahm, die die Luft um sie herum erzittern ließ. Dann verspürte sie einen heftigen Schlag am Kopf, und es wurde dunkel um sie herum.

Als Kirsten Berger erwachte, fand sie sich in einem Krankenbett wieder. Sie fühlte sich immer noch schwach und konnte sich nur schwer an das entsinnen, was geschehen war. Nur langsam kam die Erinnerung zurück.

Nachdem sie sich aufrichtete, sah sie Ulf Reuter dort auf dem Stuhl sitzen. Er lächelte. „Man kann Sie wirklich nicht alleine lassen." Um seine Mundwinkel zuckte es.

„Was ist heute für ein Tag?", wollte sie wissen.

„Mittwoch", gab Ulf zur Antwort. „Keine Sorge, Sie haben nichts seither verpasst. Der Übergabetermin zwischen Koffer und der jungen Frau ist morgen. Und bis dahin können Sie das Krankenhaus wieder verlassen."

Kirsten schien erleichtert. „Was diesen Bennent angeht, dafür werde ich mich noch persönlich bei ihm bedanken. Er ist mir schließlich noch ein Auto schuldig." Kirstens Augen verengten sich zu Schlitzen.

„Sie sind wirklich unverbesserlich", Ulf Reuter erhob sich vom Stuhl und trat ans Fenster heran. „Sie haben großes Glück gehabt. Und nun wollen

Sie sich noch einmal in Gefahr begeben. Kirsten, ich habe den Fall der Polizei übergeben."

Der Rechtsanwalt war schon einige Zeit nicht mehr anwesend, als Kirsten immer noch die weißgetünchte Wand anstarrte. Er konnte doch nicht einfach ihren Fall der Polizei übergeben. Das war nun das letzte Mal, dass sie ihm nachgegeben hatte. Nie wieder wollte sie einen Fall für ihn übernehmen, schwor sie sich. Wie kam sie eigentlich dazu? Sie hatte es doch nicht nötig, gerade von ihm Aufträge anzunehmen.

Kirsten dachte eine Weile darüber nach, als sie auf einmal die Bettdecke beiseite warf und aus dem Bett zum Schrank hinüber humpelte. Sie hatte da noch eine Verabredung, und diese wollte sie nicht versäumen.

Kapitel 4

Kirsten Berger lehnte bereits seit mehreren Stunden im Sitz des Wagens ihrer besten Freundin Lisa, den sie sich von ihr geliehen hatte, und beobachtete fast ohne Unterbrechung durch ein Fernglas das Anwesen von Jürgen Bennent.

Sie hatte Lisa versprechen müssen, dass mit ihrem Wagen nichts passieren würde, da sie zuvor von ihrem Unglück mit der Explosion erfahren hatte. 'Keine Sorge', hatte Kirsten gesagt. 'Deinem Wagen passiert schon nichts. Ich bringe ihn unbeschadet zurück, das verspreche ich.'

Es war kein schlechter Kleinwagen, den Kirsten hier fuhr. Obwohl er bereits zehn Jahre alt war und hin und wieder ziemlich laut klapperte, war er doch recht zuverlässig.

Dann sah Kirsten die beiden Männer dort, wie sie das Gebäude zu bewachen schienen. Ihr waren aber auch die beiden Eingänge zum Haus nicht verborgen geblieben. Einer, so hatte sie überlegt, musste der Haupteingang sein. Er verriet es an der Verglasung und Art der Tür. Der andere schien einen parterre Seiteneingang darzustellen, der direkt hinab in das Kellergeschoß führte.

Das große Gelände mit den Hecken um das Haus herum bot eine Vielzahl von Möglichkeiten, um zum und vielleicht in das Haus zu gelangen.

Kirsten überlegte bereits längere Zeit, wie ihr das wohl am besten gelang, ohne von den Wächtern oder anderen bemerkt zu werden.

Die junge dunkelhaarige Frau schloss die Autotür hinter sich und entsicherte die Pistole in ihrer Jackentasche, ehe sie sich auf den Weg machte, dorthin, wo sie noch etwas zu erledigen hatte. Noch war sie fest dazu entschlossen, in dieses Haus zu gehen, mit Jürgen Bennent abzurechnen und Susanne Marquart, die sich ebenfalls in diesem Gebäude befinden musste, herauszuholen.

„Gnade dir Gott, dass Susanne noch lebt", Kirsten sah Jürgens Gesicht in Gedanken vor sich. Sie umgriff dabei die Pistole in ihrem Holster fester.

Die junge Frau wartete eine für sie günstige Gelegenheit ab. Denn als die beiden Männer hinter dem Haus verschwanden, rannte sie kurz entschlossen los und war an der Tür zum Untergeschoß angelangt.
Mit der rechten Hand fuhr sie über ihre Stirn. 'Geschafft', schoss es ihr durch den Kopf. Sie warf vorsichtig einen Blick nach beiden Seiten. Mit der rechten Hand in der Jackentasche den Pistolengriff fest umklammert, drehte sie sich schließlich um und drückte den Türgriff nach unten.
„Es ist zu einfach", sagte sie leise zu sich und schloss die schwere Holztür hinter sich. Dann lehnte sie sich mit dem Rücken dagegen. „Es ist, als wüsste dieser Kerl bereits, dass ich im Haus bin." Die Pistole hervorgezogen und entsichert, machte sie sich auf den Weg und ging bis zum Ende des Ganges.
Eine Türe nach der anderen blitzschnell geöffnet, zielte sie mit ihrer Waffe in jeden Raum, entschlossen, auf alles, was sich bewegte, einen Schuss abzufeuern. Doch das einzige, was sie dort vorfand, waren entweder ein Lagerraum, aufgefüllt mit Lebensmitteln, oder einfach nur eine Waschküche.
Ein Stimmengemurmel vom anderen Ende des Flures ließ sie zurückschrecken und hinter einem Mauervorsprung verschwinden.
„Die Kleine schläft", vernahm sie eine Männerstimme im Treppenhaus verhallen.

„Schade, dass der Boss sie vom Hals geschafft haben will. Das Mädel gefällt mir."

Die Kleine? War damit etwa Susanne gemeint? Kirsten machte einen Schritt nach vorn. Die Eisentür in der gegenüberliegenden Wand schien fest verschlossen. Und zu ihrem Entsetzen steckte der dazugehörige Schlüssel nicht.

Sie blickte hilflos nach irgendetwas suchend um sich. Wie, um alles in der Welt, sollte sie diese Türe hier öffnen, wenn sie verriegelt war? Die einzige Möglichkeit bestand darin, um in diesen Raum zu gelangen, dass sie eine Pistole mit Schalldämpfer benutzte. Ob allerdings ein allzu großer Lärm dabei entstand, konnte sie nicht beurteilen. Doch sie musste es riskieren.

Ein dumpfer Knall, und Qualm stieg ihr in die Nase. Die Tür schob sich ein Stück nach innen. „Susanne?", flüsterte sie. „Bist du dort drinnen?" Doch sie bekam keine Antwort. Ob ihr etwas zugestoßen war?

„He, Susanne", nachdem sie mit gezogener Pistole eintrat, verspürte sie einen dumpfen Schlag auf dem Kopf, und für einen Moment drehte sich alles vor ihren Augen. Sie sank benommen zu Boden.

„O mein Gott, Kirsten", stammelte Susanne Marquart. Sie legte das Stück Holz, welches sie mit beiden Händen fest umklammert hielt, hastig beiseite und beugte sich über die daliegende junge Frau. „Es tut mir so leid. Das wollte ich nicht."

Ein Stöhnen von Kirsten verriet Susanne, dass sie wieder zu sich kam. Sie atmete erleichtert auf.

„In meinem Schädel brummt es wie in einem Hornissennest", sagte sie mit noch zittriger Stimme. „Was ist geschehen?"

„Ich - äh", die junge Frau brach ab. „Wissen Sie, Sie sind über eine Matratze gestolpert", log sie.

„So?" Kirsten sah sie recht ungläubig an. Sie richtete sich auf und klopfte den Staub von den Hosenbeinen, den sie sich beim Sturz zugezogen hatte. „Ich glaube, dass Sie mir noch einiges erklären müssen, falls wir lebend hier herauskommen sollten, Susanne." Sie umklammerte Susannes rechte Hand fester und zog sie zur Türe. „Kommen Sie, wir müssen sofort von hier weg, ehe Jürgen Bennent oder einer seiner Gefolgsleute zurückkehrt. Dieser Kerl wird wohl kaum hinnehmen, dass ich Sie hier herausholen will."

Kirsten versuchte vergeblich, die Eisentür hinter sich zu verschließen, damit nicht gleich der Verdacht auf die Flucht hin aufkam. Nach einigen Zornausbrüchen ließ sie es dann schließlich auch sein.

Wie Kirsten und Susanne es geschafft hatten, unbemerkt das Haus zu verlassen, wusste die Privatdetektivin nicht. Aber andererseits, so musste sie zugeben, war sie sogar recht froh darüber, dass man sie nicht bemerkt hatte.

Nachdem ihr Susanne davon berichtete, wie sie in diese Lage kam, hatte ihr Kirsten in wenigen Sätzen versucht zu erklären, dass es besser für sie beide war, für kurze Zeit aus der Stadt zu verschwinden. Kirsten wusste aus bisheriger Erfahrung, dass es ein Mann wie Bennent nicht einfach aufgeben würde, nach ihnen zu suchen, und zwar so lange nicht, bis er sie gefunden und getötet hatte. Denn Zeugen konnte er wahrlich in seiner Lage nicht gebrauchen. Und sie wusste auch, dass er bestimmt keine Skrupel hatte, auch Frauen zu töten.

Kirsten Berger fuhr auf kürzestem Wege aus dem Vorort mit den Villen heraus. „Die einzige Möglichkeit, die ich momentan sehe, ist Stefans Pension. Dort können wir für kurze Zeit untertauchen."

„Stefan?"

Kirsten nickte. „Stefan ist mein Ex", sagte sie. „Er hat vor etwa einem Jahr eine Pension seiner Tante geerbt. Ich hoffe, dass er uns weiterhelfen kann."

Eine ausgiebige Begrüßung zwischen ihr und Stefan spielte sich in der Eingangshalle der Pension ab. Susanne hatte nicht im Geringsten den Eindruck, als sei zwischen den beiden nichts mehr.

„Hallo, mein Schatz", Stefan nahm Kirsten in die Arme und drückte ihr einen Kuss auf den Mund. „Was führt dich in diese Gegend?"

„Wir benötigen Zimmer", Kirsten strich dem jungen Mann mit der Hand über die Stirn. „Ich hoffe, du hast etwas Passendes für uns?"

„Klar doch", lachte Stefan, drehte sich um und griff nach einem Schlüssel. „Du steckst doch nicht etwa in irgendwelchen Schwierigkeiten?"
„Mehr oder weniger ja", gab sie offen zu, mit einem Lächeln auf dem Gesicht, und drückte ihm einen 'dicken' Kuss auf den Mund, so dass Stefan ein wenig an Farbe gewann. „Danke." Sie drehte sich mit einem Absatz um und war auf die Treppe zugegangen. Und während Kirsten sich mit dem rechten Fuß auf die unterste Treppenstufe stellte, lächelte sie verlegen zu Stefan hinüber: „Ach, bevor ich es vergessen sollte: Sollten einige Killer nach uns fragen, sage ihnen doch einfach, wir wären nicht hier."
„Killer?", die Farbe war Stefan aus dem Gesicht gewichen. Er dachte, sich verhört haben zu müssen. „Ich habe mich da nicht verhört? Du meintest Killer?"

Nachdem die beiden jungen Frauen das Zimmer betraten, war Kirsten sofort zum Fenster geeilt und zog, als sie einen Blick auf den Hinterhof warf, den Vorhang vor.
Der Raum war spartanisch eingerichtet: Zwei getrennt stehende Rohrgestellbetten mit tristen weißen Laken. Dann gab es da noch ein Bild, das die weißgetünchte Wand schmückte und auch nicht mehr Wärme in den Raum abgab. In der Mitte des Zimmers befand sich ein klobiger Massivholztisch, der dem Zimmer ebenfalls nicht mehr abgewann. Auf der anderen Seite befand

sich das Badezimmer mit Toilette und Dusche. Durch zwei große Fenster drang Licht ein.

Kirsten Berger trat auf eines der Betten zu. Nachdem sie ihre Jacke über das Rohrgestell am Ende des Bettes hin und ihre Pistole beiseite auf den Nachttisch gelegt hatte, legte sie sich, mit ihren Armen im Nacken verschränkt, ausgestreckt darauf. Sie war schnell in ihren Gedanken versunken.

„Susanne?" Kirsten starrte für einen Augenblick die Decke an, schloss dann die Augen.

„Ja?" Susanne saß nach vorn gebeugt, den Kopf in die Hände gestützt, auf dem zweiten Bett und sah zu ihr hinüber. „Was gibt es?"

„Du bist der erste Mensch, dem ich etwas anvertraue", sagte Kirsten plötzlich. „Es ist durchaus möglich, dass ich manchmal etwas zu direkt und spontan bin. Aber dennoch ist es eigenartig. Ich verspüre Situationen mit denen ich selbst nicht fertig werde. Eine Phase davon mache ich gerade durch. Ich möchte die Welt ändern, gegen das Unrecht und Böse ankämpfen. Aber das einzige, was ich wirklich erreiche zu ändern, bin ich selbst."

Susanne Marquart setzte sich auf den Bettrand, legte ihre Hand auf Kirstens rechtes Bein und sah ihr gerade in die Augen, die sie wieder geöffnet hatte.

„Ich komme mir so hilflos vor. Ich weiß einfach nicht, was ich falsch oder richtig mache", Tränen rannen ihr über das Gesicht. „Ich mache wohl manches eher falsch." Sie richtete sich auf und warf einen Blick auf ihre Pistole auf dem Tisch. „Susanne, ich habe zum ersten Mal in meinem Leben Angst."

„He, nicht doch", Susanne nahm ein Taschentuch zur Hand und wischte ihr die Tränen aus dem Gesicht. „Das, was du tust, finde ich okay. Du bist eine der wenigen, die etwas unternehmen, sei es gegen Unrecht, Gewalt oder Verbrechen. Wärst du nicht gewesen, wäre ich wohl nicht mehr am Leben. Ist das nichts? Das habe ich dir alleine zu verdanken."

Kirsten versuchte vergebens zu lächeln. „Du bist unheimlich nett, wirklich. Doch ich denke, dass du eher meinem Dickkopf dein Leben zu verdanken hast, weil es Doktor Reuter als zu verfrüht angesehen hat, etwas zu unternehmen, verstehst du? Und wenn ich daran denke, dass mich die Nacht der Versuchung dazu getrieben hat, mit diesem Mistkerl ins Bett zu gehen..." Kirsten machte eine Pause, sagte aber dann: „Ich hasse mich gerade dafür selbst."

„Falls du Jürgen meinst", gab Susanne lächelnd zurück. „Deshalb solltest du dir keine Vorwürfe machen. Beinahe jede Frau ist einmal auf ihn hereingefallen. Eingeschlossen ich."

Beide Frauen fingen herzhaft an zu lachen. Kirsten Berger fühlte sich in diesem Moment etwas befreiter von ihrem Kummer.

Stefan Hagen lehnte in seinem Stuhl zurück, die Füße verschränkt auf den Schreibtisch aufgelegt, und kaute bereits seit etwa einer Stunde gelangweilt auf seinem Kaugummi herum.

Die Zeitung, die ausgebreitet auf seinem Gesicht lag, war von gestern, und er hatte sie schon lange ausgelesen.

Über das Radio hinter ihm in der Regalwand wurde bereits das Nachtprogramm ausgestrahlt. Ein Blinzeln hinter der Zeitung hervor auf die Wanduhr gegenüber verriet, dass es bereits nach Mitternacht war.

Er dachte an Kirsten. In Wirklichkeit beneidete er sie. Was für ein Leben ihm gegenüber hatte sie doch. Zwar war er anfänglich stets dagegen gewesen, dass sie eine eigene Detektei eröffnete, aber warum eigentlich nicht? Das einzige, weshalb er sich Sorgen um sie machte war, dass sie ihren Leichtsinn, den sie manchmal an den Tag legte, irgendwann einmal mit ihrem Leben bezahlen würde.

Obwohl sie bereits seit einem Jahr getrennt lebten, mochte er sie immer noch. Er hatte es nie geschafft, eine neue Bindung zu einer anderen einzugehen, weil er die Frauen, die er nach Kirsten kennenlernte, immer wieder mit ihr verglich. Kirsten Berger und er kannten sich seit dem Kindesalter. Sie waren gemeinsam zur Schule gegangen, wohnten im selben Mietshaus. Bereits im Teenageralter begann er sich für sie zu interessieren, empfand mehr als nur Freundschaft für sie. Als er dann einundzwanzig wurde, war für ihn klar, dass es keine andere Frau in seinem Leben geben würde. Kirsten war seine wirklich große Liebe. Er hätte alles für sie tun können. Und er würde es auch heute noch. Stefan war sich sicher, dass Kirsten wusste, was er für sie empfand.

Die Türglocke ließ ihn aus seinen Gedanken aufschrecken. Wer konnte sich um diese Zeit noch in die Pension verirrt haben?

Als er die Zeitung beiseiteschob, blickte er in einen Pistolenlauf, und er erinnerte sich daran, was Kirsten noch vor ein paar Stunden zu ihm gesagt hatte.

„Jetzt regen Sie sich bloß nicht so auf, Ulf", Renate Schäfer hängte den Telefonhörer in die Gabel ein und warf einen Blick auf den Rechtsanwalt, der zornig vor ihrem Schreibtisch stand. „Ich kann nicht umhin, Ihnen Vorwürfe zu machen, weil diese Privatdetektivin der Polizei ins Handwerk pfuscht."

Während sich die Polizeikommissarin eine Zigarette anzündete, bot sie Ulf Reuter ebenfalls eine an, der aber verneinend abwinkte.

„Sie wissen doch genau, dass ich schon seit Jahren nicht mehr rauche", sagte er grimmig.

„Jetzt hören Sie mir mal zu, Ulf", die fast vierzigjährige dunkelhaarige Frau beugte sich nach vorn. „Ich werde meine Leute anweisen, dass sie Jürgen Bennent beschatten. Mehr kann ich im Augenblick nun wirklich nicht tun."

„Kirsten Berger und Susanne Marquart schweben vielleicht in Lebensgefahr, verdammt noch mal!"

Seine Stimme hob sich drohend. Die rechte Hand

zur Faust geballt, schlug er damit fest auf den Schreibtisch. Ein Behälter mit Faserschreibern fiel um und rollte quer über die Tischplatte.

Renate Schäfer blieb vor Schreck der Mund offen stehen. Nur mühsam konnte sie die Zigarette zwischen den Fingern halten.

„Jetzt reicht es mir aber!", brauste die Beamtin auf und trat hinter dem Tisch hervor. „Ich werde heute noch meine Beamten auf diesen Mann ansetzen. Aber ich glaube nicht, dass ihre beiden Frauen sich in solchen Schwierigkeiten befinden, dass sie bereits jetzt Polizeischutz benötigen. Gehen Sie nach Hause, Ulf."

„Sture Bürokratie!" Fluchend schlug Ulf Reuter die Tür ins Schloss. Für was hielt sich dieses Frauenzimmer eigentlich? Für die Polizeipräsidentin höchstpersönlich? Er hatte sich zwar über Kirsten geärgert, aber er konnte sie doch nunmehr nicht im Stich lassen. Gerade in diesem Augenblick, wo sie vielleicht in größeren Schwierigkeiten steckte, als die sich dort drinnen vorstellen konnten. Wenn er doch wenigstens gewusst hätte, wo sich Kirsten aufhielt. War es ihr wirklich gelungen, die junge Frau aus den Klauen Bennents zu befreien?

Während er in seine Limousine einstieg, schoss ihm Stefan Hagen durch den Kopf, ihr Ex-Freund. Eventuell hatte sie bei ihm Unterschlupf gefunden.

Die Pension lag etwa zehn Kilometer vom Stadtkern entfernt. Der Rechtsanwalt überlegte sich, noch heute dorthin zu fahren, um in

Erfahrung zu bringen, ob sich die beiden Frauen dort aufhielten oder nicht.

Kapitel 5

Die Stricke schmerzten an ihren Handgelenken. Kirsten Berger versuchte bereits seit geraumer Zeit, die Fesseln zu lösen. Jedoch gelang es ihr nicht. Die junge Frau warf Susanne einen Blick zu und sah dann zu Jürgen Bennent auf, der ihren Blick nur gefühllos und grinsend erwiderte. Voller Mitleid traf ihr Blick dann Stefan, der zusammengeschlagen in einer anderen Ecke des Raumes kauerte. Mit zugeschwollenen Augenlidern und Platzwunden im Gesicht rang er sich ein Lächeln ab.
„Wo habt Ihr den Koffer?", schrie der kräftigere der beiden Männer, die mit Jürgen Bennent in die Pension eingedrungen waren. Er fuchtelte mit seinem Revolver in der Luft herum und trat gegen den klobigen Tisch.
„Ich will das zurück haben, was mir gehört, Ladies", Jürgen war dicht an Susanne und Kirsten herangetreten. Er beugte sich über Susanne und drückte ihr mit der rechten Hand fest den Unterkiefer zusammen. Schmerzerfüllt und voller Hass rollten Tränen über ihr Gesicht. Doch sie schwieg.
„Also?" Seine Augen verengten sich zu schmalen Schlitzen.
Kirsten Berger kniff die Augen zusammen. Sie wusste, dass sie Susanne irgendwie helfen

musste. Blitzschnell schnellte sie nach vorn und biss mit voller Kraft in die rechte Hand von Jürgen Bennent, der mit schmerzverzerrtem Gesicht von ihr abließ.

„Verdammtes Biest!" Er umgriff mit der anderen Hand sein verletztes Gelenk.

Kirstens Augen glänzten triumphierend. Doch sie schien sich zu früh über ihren Erfolg zu freuen.

Jürgen Bennent riss sich zusammen und sah die junge Frau von oben herab an. Dann grinste er und warf einem seiner Männer einen Blick zu: „He, Thomas, sag' mir, wie lange hast du eigentlich schon keine Frau mehr gehabt?"

Der bulligere der beiden lachte unbeholfen. „Ich? Bestimmt schon über einen Monat nicht mehr."

„Nimm' sie dir!" Jürgen Bennents Augen funkelten bei diesen Worten. „Geh' mit ihr ins Nebenzimmer. Und wenn du mit ihr fertig bist, leg' sie um."

Beim Verlassen des Raumes sahen sich Stefan und Kirsten noch einmal an. Ihr misslang ein Lächeln.

Noch ehe der bullige Kerl sich näher mit Kirsten beschäftigen konnte, verspürte er einen dumpfen Schlag auf seinem Kopf. Er sank in sich hinein.

Die Detektivin starrte verdutzt zur Tür. Sie konnte ihre Freude kaum verbergen, als sie das Lächeln von Ulf Reuter sah.

„Kirsten, Sie leben." Ulf beugte sich über sie und löste ihre Stricke.

„Wir müssen den anderen helfen", Kirsten umgriff ihre Handgelenke und erhob sich vom Boden. Dann griff sie nach dem Revolver, der neben dem Bewusstlosen lag. „Kümmern Sie sich bitte in der Zwischenzeit um den Kleinen hier. Ich muss zu den anderen."

Mit diesem Satz allein gelassen, stand Ulf Reuter nun mitten im Raum und sah auf den Liegenden hinab.

Er verstand Kirsten immer noch nicht. So sehr er es auch versuchte. Diese Frau schien für ihn ein Rätsel zu bleiben.

„Jetzt ist Schluss mit deinen Machenschaften, Bennent!" Kirsten Berger trat die Tür auf und zielte mit dem Revolver in den Raum hinein, im Visier Jürgen.

„Herzlichen Glückwunsch", der junge Mann verzog sein Gesicht zu einer Grimasse. „Ich denke, du hast gewonnen."

„Deine Waffe auch weg", funkelte sie grimmig den anderen Mann an. „Und dann löse ihre Stricke."

Widerwillig legte der graumelierte Mann die Pistole beiseite und tat unter Einwilligung von Jürgen das, was Kirsten befohlen hatte.

„Und nun hinsetzen", befahl die junge Frau und winkte Susanne heran. Sie drückte ihr die Pistole des zweiten Mannes in die Hand und sagte beim Verlassen des Raumes: „Pass auf die beiden Kerle auf. Ich werde die Polizei verständigen."

„Schätzchen", grinste Jürgen Bennent nach einer Weile und erhob sich vom Stuhl. Mit langsamen

Schritten ging er auf Susanne Marquart zu, die Hand nach der Waffe ausstreckend.

„Du wirst dich doch nicht unglücklich machen wollen? Du solltest mir die Pistole geben. Da ist sie sicher besser aufgehoben. Du weißt doch, sie könnte losgehen."

„Ich habe noch eine Rechnung bei dir offen", sagte Susanne entschlossen. Ihre Blicke kreuzten sich. „Und ich werde garantiert nicht zögern, den Waffenhahn einfach durchzuziehen, Jürgen. Also komm' nicht näher, sonst drücke ich ab."

Es war ein Schritt zu viel, den Jürgen Bennent machte. Zuerst dachte er, die Frau, die ihn einmal liebte, würde dies wahr machen, würde den Waffenhahn einfach durchziehen. Doch dann sah er die Blondine hinter Susanne in der Tür stehen, und er erkannte ihr Gesicht wieder. Niemals hätte er damit gerechnet, dass die Frau, die ihn verehrte, zu so etwas fähig sein könnte.

Zuerst verspürte er einen brennenden Schmerz in seiner Brust, und Wärme durchflutete seinen gesamten Körper.

Hilfesuchend blickte er sich nach allen Seiten um. Die Kälte in den Augen von Krystina Wegener und deren Entschlossenheit bereiteten ihm noch mehr Schmerzen. Als er seine Hand nach seinem Freund auszustrecken versuchte, waren es seine Beine, die nicht mehr mitspielten. Er verdrehte die Augen. Dann wurde es Nacht um ihn herum, ewige Nacht.

Kirsten, die nach dem Schuss eilig zurückgekehrt war und Krystina Wegener mit der Pistole in der

Hand dort stehen sah, zog es die Kehle zusammen. Mit solch' einem Ausgang hatte sie nicht gerechnet.

Im Hintergrund ertönten Polizeisirenen.

„Dieser Mistkerl hat es verdient", stammelte Krystina, während ihr Susanne die Pistole aus der Hand nahm. „Wie oft hat er mich mit anderen Frauen betrogen. Ich war es so leid gewesen." Sie zitterte am ganzen Körper.

Als sich Kirsten Berger wieder umdrehte, blickte sie in die blauen Augen von Stefan Hagen.

„Jeder von uns hätte es ihm gewünscht", er versuchte zu lächeln, auch wenn es ihm schwer fiel. Dabei legte er seine Hand auf ihre Schulter.

Kirsten schwieg. Sie vermochte ihm darauf keine Antwort zu geben. Vielmehr ließ sie den Revolver fallen, schob seine Hand von ihrer Schulter und zwängte sich an Ulf Reuter vorbei, der in der Tür stand. Sie würdigte ihn keines Blickes mehr.

„Ich glaube, ich brauche jetzt erst einmal Urlaub", sagte sie nun fast tonlos und verließ schweigend den Raum, ließ zurück Ulf, Susanne und Stefan.

Kirsten Berger schlenderte die Treppen hinab, ging gedankenverloren, an den Polizeibeamten vorüber, auf den Wagen ihrer Freundin Lisa zu, stieg ein und fuhr davon. Irgendwohin.

Wohin? Das war ihr wohl so ziemlich egal...

ENDE

Teil 2

Nur ein kurzer Augenblick

Die Designerin Denise Becker will noch einmal mit allem von Neuem anfangen. Ihre Freundin Melanie Berghofer bietet ihr die große Chance: Ein Großauftrag über die kommende Winterkollektion bei einem weltweit renommierten Modelabel. Dort lernt Denise den Juniorchef Björn Hofer kennen, in den sie sich verliebt. Und dann taucht da auch noch ihr früherer Verlobter auf und will sie zur Rückkehr zwingen...

Nur ein kurzer Augenblick

Die Sonne senkte sich über den Vorort der Stadt, Dämmerung trat ein. Leise rauschte der Wind durch die Bäume, und in der Ferne erklang Vogelgezwitscher. Irgendwo in einem Haus, in einem elegant eingerichteten Schlafzimmer, stand eine junge Frau von siebenundzwanzig Jahren vor dem Fenster zur Veranda und blickte nach draußen. Sie schien diesen Augenblick gänzlich zu genießen. Es war, als hätte sie ein Traum in ein fernes Land getragen. In ein Land, in dem es nur Ruhe und Frieden geben würde.
Doch sie wurde jäh aus diesem Traum herausgerissen, als von hinten eine Stimme an ihr Ohr drang.
Ein junger Mann mit rötlich blonden Haaren trat an sie heran, beugte sich vor und küsste sie sanft auf die Stirn. „Liebling", flüsterte er. „Nur noch eine Woche, dann werden wir verheiratet sein. Und eines Tages werden wir Kinder haben. Unsere eigene Familie."
Denise Beckers Gesicht war plötzlich blass geworden. Sie war sichtlich erschrocken zusammengefahren, und um ihre Mundwinkel zuckte es. „Peter…", sagte sie. „Ich muss mit dir reden." Sie löste sich aus seiner Umarmung und trat zurück.
„Aber was ist mit dir? Du zitterst ja", der junge Mann sah sie fragend an.
„Ich weiß", begann sie, „wie sehr du dir immer Kinder gewünscht hast. Und ich auch." Sie brach

ab. Dann sagte sie auf einmal: „Peter, ich werde keine Kinder bekommen können."

Peter Bogners Augen verengten sich. Keine Kinder bekommen können? Was redete sie da? Für einen Augenblick war es, als würde ihm diese Nachricht den Hals zuschnüren. Doch er versuchte, sich zusammenzureißen. „Von was sprichst du?"

„Es ist wahr", ihre Stimme war leiser geworden. „Der Arzt hat es mir bestätigt." Denise Becker war den Tränen nahe.

Peter drehte sich um, schwieg und machte einen Schritt nach vorn. Nein! Das konnte einfach nicht wahr sein. Er konnte und wollte es einfach nicht glauben. Alles überschlug sich in ihm. Und mit einer Minute auf die andere stieg unkontrollierbarer Hass in ihm empor.

Er hatte sich Denise wieder zugewandt und sah sie mit kaltem Blick an. „Sag, dass dies nicht wahr ist!", schrie er plötzlich. „Los, sag es!"

Denise fuhr erschrocken zusammen. Sie sah, dass auf einmal purer Hass in seinen Augen war, und urplötzlich verspürte sie Angst. Angst vor dem Mann, den sie liebte, glaubte zu lieben. Und als sie einen Schritt zurück machen wollte, holte der Mann, für den sie einst so starke Gefühle hegte, aus und schlug ihr mit der rechten Hand mitten ins Gesicht. Er hatte sie zu sich hinaufgezogen und aufs Bett geworfen. „Dir werde ich es schon zeigen, du Schlampe!"

„Hör auf damit!", rief sie verzweifelt. Vergebens versuchte sie sich aus seiner Umarmung zu lösen.
Peter holte ein weiteres Mal aus, schlug aber daneben.
Endlich schien Denise eine Möglichkeit der Rettung gefunden zu haben. Sie versuchte nach einer der Nachttischlampen zu greifen, war jedoch immer noch zu weit davon entfernt. Schließlich fühlte sie sie mit ihren Fingern. Sie umgriff den Lampenfuß fester und schlug damit zu. Einmal, zweimal. Sie wusste nicht genau, wie viel Mal sie zugeschlagen hatte.
Der junge Mann schrie schmerzerfüllt auf und ließ kurz von ihr ab. Er sank, am Kopf blutend, in die Bettlaken hinein.
Denise hingegen nahm die Gelegenheit wahr, sprang mit allerletzter Kraft auf und wollte auf die Veranda hinausrennen. „Du bist wahnsinnig!", schrie sie verzweifelt, als sie sich umdrehte und Peter hinter sich herkommen sah.
Schon war sie draußen, hatte aber einige Treppenstufen nicht bemerkt und stürzte ins Leere. „Nein!", Verzweiflung klang in ihrer Stimme. Doch sie vernahm bloß einen dumpfen Aufprall im Unterbewusstsein und verspürte schließlich einen stechenden Schmerz. Danach wurde es dunkel um sie herum.
Peter hingegen blieb augenblicklich wie angewurzelt stehen. „Denise, Liebling", wisperte er und beugte sich über sie. Er strich ihr mit

zitternder Hand sanft über das Gesicht. „Was habe ich nur getan? Sag doch was, Liebling."
Doch sie antwortete nicht.

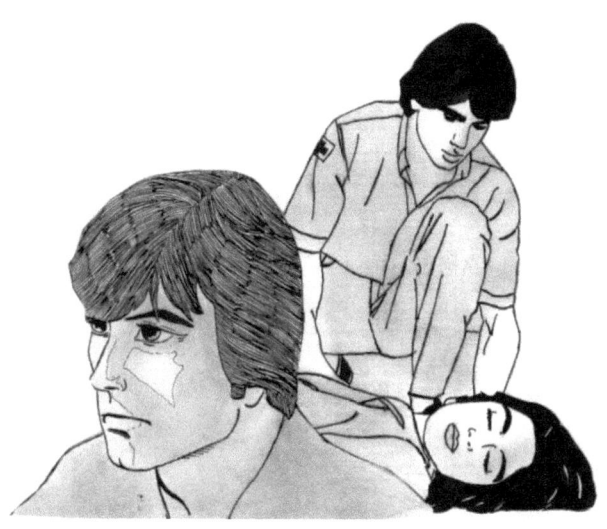

Björn Hofer war glücklich: Er hatte zum ersten Mal seit Ewigkeiten geschlafen wie ein Klotz. Jetzt, am Morgen, schien die Sonne und die Stadt faszinierte ihn immer wieder aufs Neue.
Nachdem er sich angezogen hatte, fuhr er in ein nahegelegenes Restaurant und setzte sich an einen kleinen Tisch beim Fenster. Dort bestellte er sich ein gutes Frühstück. Er dachte an seine Frau Stefanie. Vor allem kam er nicht von ihrem Tod vor einem Jahr los; es holte ihn immer wieder Tag für Tag aufs Neue ein. Dennoch wusste er auch, dass er sich damit abfinden

musste. Das Leben musste weitergehen. Irgendwann zumindest.
Während er aß, beobachtete er die Leute, die hier zu speisen pflegten.
Es waren meist Industrielle und Manager, die hier verkehrten, und es war interessant, mit welcher Art sie aßen, redeten und sich bewegten. Nein, Björn fühlte sich nicht wie einer von ihnen. Aber er wusste auch: Als Juniorchef der Hofer-Werke hatte er seine Verpflichtungen.
Björn zog die Tageszeitung aus der Aktentasche. Wenn er um Acht fahren würde, dachte er, könnte er pünktlich im Büro zur Besprechung sein. Seine Blicke huschten immer wieder zwischen den Schlagzeilen und den hereinkommenden Menschen hin und her.

In diesem Augenblick sah er die Frau dort am Eingang stehen. Ihr gut geschnittenes Jackenkleid weckte seine Aufmerksamkeit.
Während er die Zeitung langsam in die Tasche zurückgleiten ließ, setzte sie sich in Bewegung und ging entschlossen auf seinen Tisch zu. Sein Herz schlug heftig, und seine Kehle war trocken.
„Herr Hofer?"
Der junge Mann war verblüfft, nickte und begrüßte sie. „Was kann ich für Sie tun, Frau...?"
„Berghofer, Melanie Berghofer", gab sie zur Antwort. „Ich komme direkt von Ihrem Büro. Ihre Sekretärin sagte mir, dass ich Sie hier finden würde."
Björn zündete sich eine Zigarette an.

„So, Frau Werner also? Sie ist unverbesserlich", schmunzelte er. „Um was geht es denn, Frau Berghofer?" Er bat sie, Platz zu nehmen und bestellte ihr einen Kaffee.

„Nennen Sie mich doch bitte Melanie." Sie nippte kurz an ihrer Tasse. „Ich werde Ihre Zeit nicht lange in Anspruch nehmen. Aber mich würde interessieren, was aus den Entwürfen geworden ist, die ich Ihnen zugesandt hatte? Sie haben sich diesbezüglich noch nicht geäußert." Sie stellte die Tasse ab. „Es wäre mir an einer Entscheidung sehr gelegen, weil ich mich sonst nach einer anderen Firma umsehen würde. Sie wissen ja, freiberufliche Designer haben es nicht ganz einfach."

„Hat Ihnen denn Frau Werner den Vertrag noch nicht zukommen lassen?", fragte Björn erstaunt, da er wusste, dass er drei Tage zuvor die Vertragsunterlagen unterschrieben seiner Sekretärin zur weiteren Bearbeitung gereicht hatte. Und er konnte sich stets auf Beate Werner verlassen.

„Vertrag?" Melanie Berghofer war überrascht.

Er nickte. „Ja, die Vertragsunterlagen zwischen Firma und Ihnen, Frau Berghofer, sowie Ihrer Partnerin... wie hieß Sie noch gleich?"

„Becker." Melanie versuchte kühl zu bleiben. Sie konnte ihre Freude nur schwer verbergen. „Denise Becker."

Kapitel 1

Drei Wochen waren seither vergangen. Der Mond stand hoch über dem Vorort, die Nacht war noch lang. Die Konturen zwischen den Bäumen und den Sternen hoch oben am wolkenlosen Himmel bildeten ein harmonisches Zusammenspiel. Ein Nachtvogel flog aus der Spitze einer großen Tanne und verschwand in der Dunkelheit.

Außerhalb, in einem Schlafzimmer eines kleinen Einfamilienhauses, wälzte sich eine junge Frau von einer Seite auf die andere. Ihr Gesicht wirkte bleich, die Züge verzerrt, und Schweiß lief über ihre Stirn. Immer wieder stammelte sie einige unverständliche Worte.

„Nein!", schrie sie plötzlich. Ihre Augen weit aufgerissen, schnellte sie nach oben und blieb aufrecht im Bett sitzen.

Die Türe zu ihrem Zimmer wurde geöffnet und eine weitere Frau trat in den Raum. Sie trug lange hochgesteckte Haare, die ihr ovales Gesicht umrahmen. „Denise", sagte sie mit sanfter Stimme. „Was ist los mit dir?"

Denise Becker drehte sich zur Seite und sah der Frau gerade in die Augen, die sich zu ihr auf den Bettrand gesetzt hatte. „Nichts. Es ist schon wieder in Ordnung, Melanie." Sie suchte nach ihren Pantoffeln, schlüpfte hinein und ging auf eines der drei Fenster zu. Sie öffnete es und blickte nach draußen. Für einen Moment fühlte sie sich aller Sorgen ledig.

„Nichts?" Melanie war neben sie getreten. „Das glaube ich dir nicht. Denise, ich kenne dich schon zu lange, als dass du mir etwas vormachen könntest. Seit dem Vorfall bei Peter hast du dich verändert. Der Unfall dort war keiner, nicht wahr?" Denise sah sie von der Seite an und schwieg. „Wäre es nicht besser, du würdest darüber reden?"

„Ich wollte mit Peter über die Operation sprechen, dass damals gepfuscht worden war, und...", Denise brach hilflos ab.

„Und seine Reaktion? War sie es, die dich schließlich ins Krankenhaus brachte?" Melanies Augen verengten sich.

Nun brach die junge Frau endgültig zusammen. Sie schluchzte laut auf und ließ sich in einen Sessel hinter ihr sinken. „Er hätte mich beinahe umgebracht!"

Melanie schwieg. Niemals hätte sie daran gedacht, dass Peter zu so etwas fähig sein könnte. Wie man sich doch in einem Menschen so täuschen konnte. „Es tut mir so leid", sie beugte sich vor und nahm Denise in die Arme. Dann strich sie ihr über ihr Haar. Sie wusste, wie töricht diese Worte jetzt klangen.

„Oh Melanie, ich habe solche Angst. Angst davor, dass er es vielleicht noch einmal versuchen könnte." Sie wischte sich die Tränen aus dem Gesicht.

„Nein, das wird er sicher nicht", versuchte sie Melanie zu beruhigen. „Fühlst du dich ein wenig besser?"

Denise nickte. „Es hat wirklich gutgetan, mit dir darüber zu reden."

„Vielleicht wäre es besser", sagte Melanie abrupt, „wenn du wieder arbeiten würdest? Um auf den Punkt zu kommen: Ich habe uns den Auftrag für die Winterkollektion ergattern können. Wie findest du das?"

„Wer ist der Auftraggeber?"

„Der Hofer-Konzern", gab Melanie zur Antwort. „Und er hat uns doppelt so viel geboten wie die anderen."

„Wie hast du das angestellt?" Denise wusste, was es bedeutete, einen Auftrag wie diesen zu bekommen. Besonders dann, wenn man es wie sie in der freien Branche nicht leicht hatte. Der Konkurrenzkampf zwischen Modedesignern war groß.

(c) J. Hohmann

Kirsten Berger fühlte sich geschafft. Ein anstrengender Arbeitstag von rund vierzehn Stunden lag nun hinter ihr. Und nun, so dachte sie, hatte sie sich einen ruhigen Abend verdient. Während sie die Wohnungstüre hinter sich verriegelte und den Sicherheitsbügel vorschob, schlüpfte sie aus ihren bunten Schnürschuhen und warf sie in eine Ecke hinein. „Geschafft", lächelte sie vor sich hin und schaltete die Stereoanlage ein. „Endlich Feierabend."
Nachdem sie eine CD mit Klassik in den Player eingelegt hatte, nahm sie auf dem Schlafsofa Platz und lauschte den ersten Klängen.
Das Läuten an der Wohnungstür war es, was sie plötzlich hochschrecken ließ. „Wer will denn jetzt

noch was von mir?", murrte sie und erhob sich vom Sofa.

Während Kirsten die Türe öffnete, blickte sie in das Gesicht einer jungen Frau. „Ja, bitte?"

„Es tut mir leid, dass ich Sie um diese Uhrzeit noch aufsuche, Frau Berger." Verlegenheit spiegelte sich auf ihrem Gesicht wider. „Ich habe schon den ganzen Tag über versucht Sie telefonisch zu erreichen. Und Ihr Anrufbeantworter scheint auch nicht in Ordnung zu sein."

Nett, dachte Kirsten und zog eine Grimasse. Wenigstens sah es diese Frau ein, dass sie sie störte. Wie sehr hatte sie sich nach diesem Feierabend gesehnt.

„Ich brauche Ihre Hilfe."

„Treten Sie doch näher, Frau..." Kirsten bat sie herein.

„Ich heiße Berghofer. Melanie Berghofer." Sie reichte Kirsten die Hand.

Nachdem Kirsten der jungen Frau etwas zu trinken angeboten hatte, nahmen sie beide im Wohnzimmer Platz. „Was kann ich für Sie tun?"

„Es geht um meine Geschäftspartnerin und Freundin Denise Becker", begann Melanie zu erzählen. „Denise und ich sind freiberufliche Modedesignerinnen, sollte ich noch am Rand erwähnen." Sie machte eine kurze Pause, holte Luft und fuhr dann aber fort: „Sie weiß nichts davon, dass ich hier bei Ihnen bin. Doch seit einiger Zeit mache ich mir ernsthafte Sorgen um sie."

„Inwiefern?", wollte Kirsten wissen.
Nachdem Melanie Berghofer Kirsten über das zuvor Geschehene berichtet hatte, entschied sich die Privatdetektivin ihr zu helfen und sagte, dass sie sehen wolle, was sie für sie tun könne, allerdings keine Wunder bewirken könne.
Melanie Berghofer stand bereits in der Tür und wollte sich von Kirsten verabschieden, als sie auf einmal sagte: „Kirsten, darf ich Sie noch um etwas bitten?"
„Ja, natürlich."
„Denise darf hiervon nichts erfahren, bitte. Ich meine, dass ich hier bei Ihnen war."

Ulf Reuter lehnte an der Wand und blickte nach draußen, während er seine Lesebrille polierte. Er schien in Gedanken versunken zu sein, sonst hätte er das rote Cabriolet bemerkt, das vor seiner Anwaltskanzlei zum Stehen kam.
„Hallo Ulf", Kirsten Bergers Stimme hob sich bedrohlich, als sie sein Büro betrat. Die Türe knallte hinter ihr zu. „Das habe ich doch sicher Ihnen zu verdanken, oder?"
„Was haben sie mir zu verdanken?" Ulf Reuter drehte sich und sah Kirsten fragend an.
„Sie wissen ganz genau, was ich meine", ihre Augen hatten sich zu Schlitzen verengt und schimmerten gefährlich. „Tun Sie doch nicht so, als wüssten sie von nichts."
Ulf Reuter nahm in seinem Stuhl Platz. „Was?"
„Ich nenne nur einen Namen: Berghofer", sagte sie mit ruhiger, aber gefährlicher Stimme. „Der

Fall ist doch sicher auf Ihren Mist gewachsen. Hatten Sie mir nicht mal etwas von Feierabend und so erzählt?"

Der Rechtsanwalt spielte mit einem Bleistift zwischen den Fingern. Und mit einem Schlag, als wäre eine Bombe gezündet worden, schleuderte er den Stift über den Tisch, und er brüllte: „Verdammt noch mal! Sie benehmen sich wie eine Furie! Seit diesem letzten Fall, bei dem es einen Toten gegeben hat, schieben Sie mir alles unter. Für Sie bin ich wohl immer verantwortlich, wie? Wann, zum Teufel, werden Sie endlich mal erwachsen? Sie selbst haben sich diesen Beruf doch ausgesucht. Oder wollten Sie keine Detektivin werden?"

Das hatte noch niemand zu ihr gesagt. Kirsten schien sprachlos zu sein. Mit weit aufgerissenen Augen und offenem Mund sah sie ihn nur an.

Was bildete sich dieser Kerl nur ein? Alles rebellierte in ihrem Innern gegen ihn und seine Art. Doch sie versuchte ruhig zu bleiben.

„Jetzt sind Sie wohl sprachlos, wie?" Ulf grinste zufrieden und nahm einen Schluck von seinem mit Mineralwasser gefüllten Glas. „Ich habe mir immer gewünscht, Sie eines Tages mal so richtig sprachlos zu erleben. Es scheint mir wohl gelungen zu sein." Er frohlockte.

Kirsten hatte sich erhoben und war mit geradem Rücken zur Tür gegangen. Noch einmal drehte sie sich um und warf einen herablassenden Blick auf den Rechtsanwalt. „Wissen Sie was, Herr Reuter?"

Ulf Reuter hatte sein Glas auf den Tisch zurückgestellt und setzte seine Lesebrille ab.
„Was denn?"
Kirstens Lächeln im Gesicht war gespielt, dann sagte sie fast tonlos: „Sie können mich mal." Mit diesen Worten ging sie durch die Zimmertüre. Diesmal fiel die Türe nicht laut ins Schloss.
Als Kirsten in ihr Cabrio stieg, bereute sie es ein wenig, dass sie, als sie das Büro der Kanzlei verließ, sein Gesicht nicht sehen konnte, das er zog, als sie diese Äußerung von sich gab, dass er sie mal könne. Irgendwie tat es ihr auch ein wenig Leid, dass sie dies gesagt hatte. Sie wusste sehr wohl, dass sie Beide die Beherrschung verloren hatten. Doch sie wusste auch, dass es irgendwann einmal so weit kommen musste: Die Zeit hierfür war gekommen, dass Ulf und sie die Fronten und bisherigen Unstimmigkeiten zwischen sich klären mussten. Nein, auch ihr Stolz war verletzt. Und dieser verbot ihr, wieder aus ihrem Wagen zu steigen, zu Ulf in die Kanzlei zu gehen und sich zu entschuldigen. Sie musste zugeben, sie hätte ihm gerne ihr neues Cabriolet vorgestellt, dass sie gestern durch ihren Autohändler ausgehändigt bekommen hatte. Zeit. Das war das Wort. Sie brauchte einfach Zeit. Vielleicht war es ganz gut so, dass sie einen neuen Fall hatte: Sie konnte versuchen, dadurch Abstand zu finden.
Kirsten griff in ihre Handtasche und holte kurzerhand einen Notizblock heraus. „Peter Bogner. Lilienstraße Acht", las sie auf dem

Papier. „Dann will ich mir den Kerl mal näher anschauen."

Björn Hofer saß an seinem Schreibtisch und war in seine Unterlagen versunken. Durch das Fenster hinter ihm drangen vereinzelt Sonnenstrahlen. Der junge Mann war mit der rechten Hand durch sein kurzes gewelltes Haar gefahren und drückte die Zigarette im Aschenbecher aus, die er bis zur Hälfte geraucht hatte. Seine Lippen pressten sich unmerklich zusammen.
Er blickte auf, als sich die gegenüberliegende Bürotür öffnete. „Was gibt es, Frau Werner?" Er blinzelte durch die Gläser seiner randlosen Brille hindurch.
„Eine junge Frau möchte Sie sprechen, Herr Hofer." Beate Werner war eine etwa fünfzigjährige Frau mit graumelierter Kurzhaarfrisur. Sie trug eine weiße Bluse, eine dunkelblaue Stoffhose und Pumps. Den Hals schmückte eine mit dunkelblauen Steinen besetzte Halskette. Nur nach näherem Hinsehen konnte man ihr dezentes Make-Up erkennen. Sie war schon lange in diesem Betrieb, hatte zuvor bereits unter Björns Vater gearbeitet. „Sie ist leider etwas hartnäckig und ließ sich nicht abwimmeln."
„Bitten Sie sie herein", lächelte Björn und setzte die Brille ab. „Wollen wir doch mal sehen, wer hier so hartnäckig ist."

„Hallo, Herr Hofer." Melanie Berghofer begrüßte Björn und setzte sich auf einen der beiden Chromstühle gegenüber dem Schreibtisch mit kristallklar geschliffener Glasplatte.

„Ich hatte Sie erst gegen Fünf erwartet. Wo haben Sie Frau Becker gelassen? Ich dachte, dass sie mitkommen würde? Ich hätte Sie gerne kennengelernt."

Ein Lächeln huschte über ihr Gesicht. „Keine Sorge. Sie wird gegen Fünf zu uns stoßen. Sie werden also nicht umhinkommen, sie kennenzulernen."

Gleich war es soweit, dachte sich Björn Hofer und warf erneut einen Blick auf die Armbanduhr. Fünf Uhr. Jeden Augenblick müsste sie durch diese Tür dort kommen.

Melanie und er saßen bereits seit geraumer Zeit in seinem Restaurant, in das er immer ging und nahmen einen Drink zu sich. Er fragte sich bereits seit geraumer Zeit, wie Denise wohl aussehen mochte.

Und seine Augen waren auf einmal sehr schmal geworden. Es war das Gesicht dieser jungen Frau dort in der Eingangstüre, an dem seine Blicke haftenblieben. Es war das schönste Gesicht, das Björn je gesehen hatte. Ihre Augen leuchteten tiefblau unter den dunklen Haaren. Während vielleicht ein oder zwei Sekunden ruhte ihr Blick auf ihm.

„Sie sind also Denise Becker", sagte er bewundernd und streckte ihr die Hand entgegen.

„Ich bin Björn Hofer. Aber nennen Sie mich doch bitte Björn."

Denise nickte. „Hallo Björn. Ich freue mich sehr, Sie kennenzulernen. Ich bin Denise."

„Ich muss gestehen, dass ich nicht eine solch attraktive junge Frau wie Sie erwartet hatte, Denise", gestand er.

Denise lächelte verlegen. Röte stieg ihr ins Gesicht. Doch sie hatte sich rasch wieder gefangen und erwiderte: „Danke für das Kompliment."

Kapitel 2

Kirsten stand schon seit geraumer Zeit mit ihrem Wagen auf der gegenüberliegenden Straßenseite und beobachtete die Villa von Peter Bogner. Sie lehnte zurück in ihrem Sitz und kaute auf einem Kaugummi herum. Im Hintergrund drang Musik aus den Lautsprechern. Es war bereits sechs Uhr vorbei, als vor dem Haus eine dunkelblaue Limousine zum Stehen kam. Kirsten setzte sich auf und sah zu einem Mann mit kurzen, rötlich blonden Haaren hinüber, der aus dem Wagen stieg.
„Der Typ soll versucht haben, eine junge Frau umzubringen?", flüsterte sie leise in sich hinein. „So blendend, wie der Bursche aussieht?" Aber sie schüttelte sich und versuchte sich von dem Gedanken zu befreien. Sie sah Jürgen Bennent vor sich und sie besann sich. Auch dieser Kerl sah gut aus, konnte an jeder Hand fünf Frauen haben, nicht nur des Geldes wegen. Selbst Bennent war ein Mensch mit kriminellen Machenschaften gewesen: Ein Rauschgiftdealer, der zu allem fähig war. Und auch sie, eine eigentlich nüchterne Privatdetektivin, war für kurze Zeit auf ihn hereingefallen. Und das hätte ihr in diesem Beruf nicht passieren dürfen.
Nachdem Peter Bogner die Haustüre hinter sich geschlossen hatte, nahm Kirsten das Kaugummi aus ihrem Mund heraus, rollte es in ein kleines weißes Blatt ein und verstaute es im Aschenbecher. Alsdann setzte sie eine modische

Brille auf, war noch einmal durch ihr kurzes wuscheliges Haar gefahren und griff zum Beifahrersitz hinüber, auf dem sich eine Aktentasche befand.

„Los geht's, du Mitarbeiterin einer Zeitschrift für hochwertiges Wohnen", grinste sie und schloss die Autotür hinter sich. Sie richtete ihr Jackenkleid und ging mit eleganten Schritten, die Sonnenbrille auf der Nase und der Aktentasche in der rechten Hand auf den Eingangsbereich von Peter Bogner zu. Um die Schulter befand sich die Fototasche mit einer Spiegelreflexausrüstung. Eigentlich war dies ihr Arbeitsequipment, doch diesmal musste die Kamera hierfür herhalten.

Sie musste genau zweimal läuten, ehe sich die schwere Haustüre aus Mahagoniholz nach innen schob. Peter Bogner musterte Kirsten von oben herab.

„Guten Abend, Herr Bogner." Bevor Peter Bogner irgendetwas sagen konnte, hatte ihm Kirsten schon die Hand entgegengestreckt. „Ich bin von der Zeitschrift 'Schöneres Wohnen im eigenen Heim' und bin dort als freie Mitarbeiterin tätig. Ihr Haus ist uns von einigen Ihrer Freunde empfohlen worden. Und nun möchten wir einen Artikel hierüber bringen, wenn Sie keine Einwände haben?"

Der junge Mann warf einen Blick auf ihre Aktentasche sowie die Fotoausrüstung, die sie mit sich trug. Ihr Auftreten schien ihn zu faszinieren. „Empfohlen? Mein Haus?"

Kirsten Berger nickte. „Ich hoffe sehr, dass ich nicht ungelegen komme?"

„Aber nein", stotterte Peter ein wenig. „Treten Sie doch näher, Frau..."

„Schreiber. Ingrid Schreiber."

Er warf ihr einen bewundernden Blick zu, als er die Haustüre hinter ihr schloss. Faszinierende Frau, dachte er und sah ihr nach, während sie das Wohnzimmer betrat und die anthrazitfarbene Tasche sowie Kameraausrüstung auf einem schweren Holztisch abstellte, der sich inmitten des großen Raumes befand. Für kurz dachte er, dass ihm diese Frau gefährlich werden könnte.

„Darf ich Ihnen etwas zu trinken anbieten?"

Als Kirsten das Haus wieder verließ, lächelte sie zufrieden, denn sie wusste, dass der junge Mann auf sie reingefallen war. Sie hatte nicht umsonst ihren gesamten Charme in seiner Gegenwart ausgespielt und alles auf eine Karte gesetzt. Man hätte es besser als „Die Waffen einer Frau" bezeichnen können. Dass Männer immer so berechenbar waren und auf die Reize einer Frau hereinfielen, das fand sie immer wieder aufs Neue fesselnd. Nun brauchte sie nur noch ein wenig mehr über ihn in Erfahrung zu bringen, ehe sie zu irgendeiner Schlussfolgerung kommen konnte. Vor Allem aber darüber, ob er tatsächlich vorsätzlich versucht hatte, die Designerin Denise Becker töten zu wollen.

Und morgen Abend war vielleicht ihre erste Möglichkeit dies herauszufinden: sie und Bogner waren zum Abendessen verabredet.

Kirsten stellte ihr Cabrio in einer Seitenstraße ab und ging durch einen Hinterhof zu ihrer Detektei. Während sie letzten Treppenstufen zu ihrer Wohnung nahm, sah sie Ulf dort vor der Türe stehen. „Wie lange warten Sie denn hier schon?", wollte sie wissen. Sie schloss die Türe auf.

„Ich wollte mich bei Ihnen entschuldigen, Kirsten." Er hielt ihr einen Strauß mit Rosen entgegen. „Ich hoffe, Sie nehmen meine Entschuldigung an?"

„Wollen Sie ewig dort auf dem Flur stehenbleiben?" Kirsten ließ die Wohnungstüre offen und schlüpfte aus ihren schwarzen Pumps. Dann knipste sie im Wohnzimmer das Licht an.

Ulf stand nun dicht vor ihr und hielt außer den Rosen noch eine Flasche Sekt in der anderen Hand. „Wollen Sie mich etwa ewig mit ihrer Art strafen, Kirsten?" Er sah ihr gerade in die Augen.

„Ulf, bitte." Kirsten verzog das Gesicht zu und nahm ihm die Rosen ab. „Sie wissen genau, dass ich Ihnen nicht lange böse sein kann, sonst hätte ich Ihren Fall erst gar nicht angenommen."

„Richtig", lächelte Ulf erleichtert. „Wie kommen Sie eigentlich voran? Auch deshalb bin ich hierhergekommen."

Zur selben Zeit in einem anderen Teil der Stadt.

„Wie wäre es noch mit einem Drink bei mir?" Björn Hofer hatte den Wagen vor Denise Beckers Haus geparkt und lächelte sie erwartungsvoll an.
„Ich glaube, es wird Zeit für mich, mich zu verabschieden", versuchte Denise sich herauszureden. Ja, wie gerne wäre sie jetzt bei ihm geblieben. Aber sie wusste, dass es gefährlich für sie war, jetzt bei diesem Mann zu bleiben, denn sie konnte für nichts garantieren. Seit ihrer ersten Begegnung im Lokal ging ihr Björn nicht mehr aus dem Kopf. Es war wie verhext. Obwohl sie eine solch schlechte Erfahrung in ihrer letzten Beziehung gemacht hatte, war dort in ihrem Innern wieder ein Gefühl, das sie versucht hatte zu verdrängen.
Doch irgendwie konnte sie sich dagegen nicht wehren, denn das Gefühl schien stärker zu sein als sie. Ja, sie hatte sich in diesen Juniorchef verliebt. Es war für sie Liebe auf den ersten Blick. Und sie hatte das Gefühl, dass Björn nicht anders zu fühlen schien. Auch wenn es Unrecht war, diesen zärtlichen Augenblick unterbrechen zu wollen, es war doch besser für Beide, dachte sie.
„Richtig", hatte Björn zur Antwort gegeben und das Lenkrad fester umgriffen. „Dann gute Nacht, Denise."
„Björn", sie sah ihn von der Seite an. Sie hatte ihre Hand auf die seine gelegt. „Ich..." Aber sie brach ab. Wieder zur kühlen Person geworden, sagte sie: „Schlafen Sie gut, Björn."
In dem Moment, als Denise die Autotür geöffnet hatte und aus dem Wagen steigen wollte,

flammten hinter ihnen zwei Scheinwerfer auf, und ein Wagen raste gerade auf sie zu.
Björn erkannte die Gefahr sofort, die ihr drohte - er riss sie in den Wagen zurück und hielt sie fest umklammert. Im selben Augenblick wurde die Beifahrertür aus der Verankerung gerissen und flog in hohem Bogen durch die Luft. Reifen quietschten, und der Wagen verschwand in der Dunkelheit der Nacht.
Denise verspürte Angst, und ihr Herz pochte wie wild. Sie fühlte sich immer noch von Björn umfangen. Und sie fühlte sich wohl, so in seiner Umarmung. Die junge Frau sah ihm direkt in die Augen. Sein Gesicht wirkte weich und zärtlich.
„Alles in Ordnung?", fragte er mit sanfter Stimme.
Sie nickte, als sie sich wiederaufgerichtet hatte.
„Wenn Sie nicht gewesen wären", sagte sie mit fast tonloser Stimme, „dann wäre ich nun nicht mehr am Leben."
„Das war kein Zufall." Björn war um seinen Wagen herumgegangen und sah die herausragenden Blechteile. Ein Stück weiter auf dem Asphalt lag die herausgerissene Tür. „Das war eindeutig ein Mordversuch. Aber wer..."
Denise hob die Schultern. Noch immer hing ihr der Schreck in den Knochen und es fiel ihr schwer, einen klaren Gedanken zu fassen. Doch dann schoss ihr urplötzlich ein Gedanke durch den Kopf: Peter.
Sollte er etwa versucht haben sie umzubringen? Aber woher sollte er wissen, dass sie mit Björn

den Abend zusammen verbrachte? Nur jemand, der eine Menge Geld besaß, konnte so etwas mit Leichtigkeit in Erfahrung bringen. Und Peter Bogner war einer der reichsten Männer im Umkreis dieser Stadt.
„Wie kann ich Ihnen nur danken?"
„Indem Sie noch einen Drink zusammen mit mir nehmen", versuchte er zu lächeln. Und für einen Moment schien alles vergessen zu sein, was geschehen war. Er war nur glücklich, dass sie Ja sagte - auch wenn es gleich eine luftige Fahrt zu seinem Haus werden sollte, nachdem er die Trümmer seiner Beifahrertüre im Kofferraum verstaut hatte.

Vor der Tür zu seinem Haus zog er den Schlüssel aus der Tasche und sagte: „Danke, dass Sie meine Einladung nicht noch einmal ausgeschlagen haben."
Denise biss sich auf die Lippen. „Ich habe noch nie mein Wort gebrochen."
Björn half ihr aus dem Mantel. „Setzen Sie sich doch bitte." Seine Wohnung war geschmackvoll eingerichtet, sagte sie sich und setzte sich auf einen Zweisitzer aus dunklem Velours.
Björn hatte währenddessen zwei Gläser mit Sherry gefüllt und reichte ihr eines davon. „Denise, ich muss Ihnen etwas gestehen." Sein Gesicht war ernster geworden.
Unruhe erfüllte sie. Wusste sie doch, dass er davon anfangen würde. Sie nahm einen Schluck.

Der junge Mann hatte sich neben sie aufs Sofa gesetzt. „Wissen Sie", begann er. Er war kein Redner großer Worte, und es fiel ihm schwer, den Anfang zu finden. „Ich habe meine Frau vor etwa einem Jahr durch einen Autounfall verloren. Und seither hatte ich keinen Lebensmut mehr."

„Sie haben Ihre Frau sehr geliebt, nicht wahr?" Sie sah ihm gerade in die Augen.

„Ja." Er senkte seinen Blick. „Seit ich Sie allerdings kenne, Denise, ist das anders geworden. Sie haben mein Leben verändert." Björn Hofer machte eine kurze Pause. Dann fügte er hinzu: „Denise, ich habe mich in dich verliebt. Seit unserer Begegnung im Restaurant habe ich es gewusst."

Der junge Mann hatte sie zu sich hinaufgezogen und auf den Mund geküsst. Für einen Moment war alles wie ausgelöscht um sie herum.

„Björn", ihre Stimme war leiser geworden, als sie sich zurückbog. „Es darf diese Liebe zwischen uns nicht geben." Sie verspürte Gehemmtheit in ihren Worten.

Björn wusste, dass sie die Wahrheit sagte. Denn, als er sie fragend anschaute, hatte sich eine Träne aus ihrem rechten Auge gelöst und war auf ihre Bluse gefallen. Sie tat ihm leid. „Aber warum nicht?"

„Frag bitte nicht warum. Glaub mir, es ist besser so", erwiderte sie.

Er versuchte zu verstehen, und wollte sie nicht mit weiteren Fragen bedrängen. Björn wollte nur

die Zeit mit ihr genießen, die ihnen noch blieb. Und dennoch gingen ihm stets dieselben Gedanken durch den Kopf.
Denise wollte für heute nur ihm gehören, und im Moment schien ihr dafür alles egal zu sein...

Als Björn erwachte, war der Platz neben ihm im Bett leer. Er war allein im Zimmer. Während er aufstand, hatte er keine Ahnung, wo Denise hingegangen sein mochte oder was passiert war, während er geschlafen hatte. „Denise?", rief er mit rauer Stimme. Aber es kam keine Antwort. Er ging ins Arbeitszimmer und schaltete das Licht an. Auf dem Sekretär sah er neben seinem Füllfederhalter Bogen beschriebenes Papier liegen.
Er las es immer und immer wieder. Und die letzten Worte von Denise Becker überschlugen sich in seinem Kopf: „Bitte folge mir nicht. Vergiss mich."
Sein Gesichtsausdruck hatte sich abrupt verändert. Wie sollte er denn jemals so eine solch traumhafte Frau vergessen können? Wie konnte sie verlangen, dass er auch die Nacht mit ihr vergaß? Die Hoffnung, die er hatte, Denise vielleicht doch noch für sich zu gewinnen, schien wie eine Seifenblase zu zerplatzen. Es war, als würde sich der Boden unter ihm auftun, und er würde ins Leere fallen. Und es war nicht abzusehen, wann und wo er aufprallen würde.

Der junge Mann war ins Badezimmer gegangen. Dort hielt er sich ein Handtuch unter das fließende Wasser und presste es gegen die Stirn.
Schließlich fuhr er mit seinem Zweitwagen durch die Stadt und hielt vor Ulf Reuters Anwaltskanzlei. Er ließ die Autotür laut ins Schloss fallen und war zum Haus geeilt.
Björn hatte die Sekretärin des Anwalts nicht zu Wort kommen lassen und ging trotz ihrer Proteste direkt an ihr vorbei, in Ulfs Büro.
„Björn", Ulf begrüßte seinen alten Freund, als lägen die zwei Jahre seit ihrer letzten Begegnung nicht zwischen ihnen. „Was kann ich für dich tun, mein Junge? Du hast so aufgeregt geklungen am Telefon."
„Ich brauche deinen Rat", stammelte Björn.

Kapitel 3

Ein kurzer Blick in den Rundbogenspiegel am Kleiderschrank im Schlafzimmer, und dann dachte Kirsten Berger, dass sie so zu ihrer Verabredung mit Peter Bogner gehen konnte. Sie trug ein modisches in Farben aufeinander abgestimmtes Jackenkleid sowie einen neumodisch gestylten Kurzhaarschnitt. Alles schien perfekt. Nach Auflegen eines dezenten Makeups ging sie nach letztmaligem Blick in den Frisierspiegel ins Wohnzimmer. Dort griff sie nach ihrer schwarzen Umhängetasche und ging schließlich zur Wohnungstüre. Ein Blick auf die Wanduhr verriet, dass sie sich beeilen musste, wenn sie pünktlich im Lokal „Zur Sonne" sein wollte.

Wenn doch alles gut gehen würde, dachte sie sich und stieg in ihr rotes Cabriolet, noch einmal ein letzter Blick in ihre Umhängetasche auf dem Beifahrersitz, worin sich ihre Pistole befand. Irgendwie überkam sie bei diesem Fall, den sie angenommen hatte, und alles, was hiermit zusammenhing, ein mulmiges Gefühl. Weshalb, das wusste sie nicht. Noch nicht.

Während der Fahrt waren ihre Gedanken bereits bei dem bevorstehenden Treffen mit Bogner. Sie mochte diesen Kerl nicht. Seine ganze Art, die er ihr gegenüber darlegte, ließ ihn auch nicht sympathischer erscheinen. Und irgendwie erinnerte er sie an Jürgen Bennent und all die Männer, die in gewisser Weise einfach nur kriminell waren.

Als sie ihren Wagen vor dem Lokal abstellte, sah sie auch bereits Bogner, locker an seine Limousine angelehnt. Der junge Mann lächelte, als sie sie aus ihrem Wagen stieg.

„Ich freue mich, dass Sie meiner Einladung doch noch gefolgt sind, Ingrid", sagte er höflich und öffnete ihr die Tür zum Lokal. „Für eine Sekunde glaubte ich nicht daran, dass Sie kommen würden, muss ich zugeben."

„Sie müssen wissen, dass ich meine Versprechen halte", erwiderte Kirsten und trat ein. Zu benehmen wusste er sich ja, schoss es ihr durch den Kopf.

Sie setzten sich an einen Tisch beim Fenster.

„Ich kann immer noch nicht glauben", sagte Peter, nachdem sie ihre Bestellung aufgegeben hatte, „dass Sie tatsächlich als freiberufliche Journalistin bei dieser renommierten Zeitschrift tätig sind. Wie ist dieser Beruf eigentlich? Füllt er sie vollkommen aus?"

Kirsten nahm einen Schluck des Champagners, der ihr serviert worden war. „Sie können sich also nicht vorstellen, dass ich bei einem Verlag tätig bin? Wo Ihrer würden Sie mich denn beruflich gerne einstufen?" Ein wenig Provokation spiegelte in ihrer Stimme wider.

Wie nicht anders zu erwarten, ging Peter Bogner darauf ein. „Selbstverständlich nicht als Vorzimmerdame oder ähnliches." Er rollte die Augen. „Freiberuflich ja. Allerdings eher als Model oder so."

Die junge Frau stellte das Glas auf dem Tisch ab. „Model? Sie wollen mich wohl auf den Arm nehmen?"

„Nein", sagte er kurz. „Sie haben eine tolle Figur, sehen gut aus, wunderschönes Gesicht. Dazu diese wundervollen blauen Augen." Seine Stimme war leiser geworden. „Sie müssen wissen, dass ich mich auf diesem Gebiet sehr gut auskenne."

Das glaubte sie ihm sogar, dennoch war es ein ziemlich plumper Flirtversuch. Es fiel ihr schwer, nicht das Gesicht angewidert zu einer Grimasse zu verziehen. Sie konnte sich gerade noch zusammenzureißen.

Das Mondlicht fiel durch die geöffneten Fenster. Denise stand regungslos davor und wandte keinen Blick von Björns Foto ab. Sie fühlte sich wie eine dumme Gans, dass sie sich einfach so von ihm davonstahl. Die junge Frau ballte die Hände zu Fäusten. Könnte sie doch jetzt nur stark sein. Sie lief nach draußen in den Garten und lehnte sich wütend mit dem Rücken gegen einen Baum.

Gedanken um Gedanken überschlugen sich. Tränen liefen ihr übers Gesicht. Sie dachte über das Vergangene nach. Nein, sie wollte keine Beziehung mehr. Sie war zu sehr enttäuscht worden. Und das wollte sie nicht noch einmal alles erleben müssen.

Aber je mehr sie sich damit beschäftigte, umso unsicherer wurde sie jedoch. Denn immerzu musste sie an diesen Björn Hofer denken. Sie mochte nicht daran glauben, dass er vielleicht auch eine so dunkle Seite besitzen könnte wie Peter.

Sie schüttelte heftig den Kopf. Nein, das wollte sie alles nicht. Nie mehr wollte sie ihre Gefühle preisgeben müssen. Und nie wieder sollte ein Mann so grausam mit ihr umgehen dürfen.

Denise ließ sich langsam zu Boden sinken. Ihren Kopf zurück an den Stamm angelehnt, blickte sie zum Sternenhimmel auf. Und gegenwärtig war ihr, als könne sie vergessen.

Peter erhob sich und schob den Stuhl zurück. „Bitte entschuldigen Sie mich einen Moment. Ich muss gerade ein wichtiges Telefongespräch führen. Aber ich bin gleich wieder da." Mit diesen Worten ließ er Kirsten sitzen und eilte zur Tür.

Das Essen hier war ausgesprochen gut, musste sich die Detektivin gestehen. Sie hatte die Serviette auf den Tisch zurückgelegt, nachdem sie sich leicht damit über den Mund gewischt hatte. Sie war froh darüber, dass dieser Kerl für kurze Zeit verschwunden war.

Es war doch immer dasselbe mit diesen Typen. Das einzige, das ihnen an einer Frau als wichtig erschien, war deren Körper. Sie schienen sich nur Gedanken darüber zu machen, wie viel Sex-Appeal eine Frau ausstrahlte oder wie gut sie vielleicht im Bett war.

Warum musste es Kirsten immer wieder passieren, dass sie an solche Männer geriet - auch wenn es nur rein geschäftlicher Natur war?

Bogner missfiel ihr zudem immer mehr. Die gesamte Art war abstoßend. Kirsten konnte sich durchaus vorstellen, dass er es tatsächlich versucht hatte, die Designerin umzubringen. Die Detektivin hatte zwar kein Studium in Psychologie hinter sich gebracht, aber sie wurde das Gefühl nicht los, dass in diesem Menschen, der ihr die ganze Zeit gegenübersaß, zwei Persönlichkeiten schlummerten. Der eine mit seiner überaus charmanten Wesensart, der andere, der das Bösartige verkörperte. Der Kerl hat möglicherweise große psychische Probleme.

Als er an den Tisch zurückkehrte, hielt er bereits seinen Trenchcoat mit der linken Hand umgriffen und machte ein verlegenes Gesicht. „Es tut mir sehr leid", sagte er, „aber ich muss dringend geschäftlich weg. Ich mache es wieder gut, das verspreche ich."

Sie nickte höflich und reichte ihm die Hand. „Kein Problem. Gute Nacht, Peter."

„Gute Nacht."

Als er durch die Tür nach draußen ging, griff die junge Frau ebenfalls hastig nach ihrem Mantel und eilte ihm nach. Sie sah durch die Glastür, wie Peter Bogner in seine Limousine gestiegen war. „Ich bin richtig gespannt, wo er so dringend hin muss." Ihre Augen zu Schlitzen verengt, verließ auch sie das Lokal.

Die Detektivin war Bogners Limousine in gewissem Abstand quer durch die in ihr Neonkleid gehüllte Stadt gefolgt, ehe er auf die Bundesstraße Richtung Nordviertel abbog, in dem sich noch ein weiteres Villenviertel befand. Als er mit seinem Wagen vor einem etwas zurückliegenden Haus hielt, ließ sie in sicherer Entfernung ihren Wagen mit ausgeschaltetem Licht zum Stillstand kommen. Sie beobachtete, wie er auf das Haus zuging und darin verschwand.

Kirsten überlegte nicht lange, griff nach ihrer Pistole, überprüfte das Magazin und entsicherte sie. „Hoffentlich brauch' ich sie nicht." Dann schlich sie ebenfalls zum Haus hinüber und verschwand in der Finsternis.

Kapitel 4

Denise fand in dieser Nacht keinen Schlaf mehr. Der Morgen zog kühl und grau herauf. Dichter Nebel lag in den Tälern, und die Berge waren schroff und abweisend.
Die junge Frau lehnte immer noch am Baum und blinzelte zum Himmel empor. Die Sonne tauchte messinggelb hinter dem diesigen Grau des Morgens auf, und von einer Minute zur anderen wurde es wärmer.
Vom Unterbewusstsein getrieben, ging sie zum Haus zurück. Als sie es betreten hatte, verspürte sie plötzlich kalten Atem im Nacken. Sie drehte sich um und fuhr entsetzt zusammen. „Was willst du hier?"
Peters Augen leuchteten. „Ich wollte dich wiedersehen, Denise. Ich habe dich die ganze Nacht über draußen beobachtet." Er hob seine rechte Hand und wollte ihr damit über ihr Gesicht streichen. Doch er zögerte. „Wie ist es dir bisher ergangen? Ich meine, es ist schon so lange…"
„Bitte hör damit auf, Peter", unterbrach sie ihn. „Es ist mir egal, was du unternehmen wirst. Doch etwas solltest du wissen: Ich werde nicht mehr zu dir zurückkehren."
„Du warst mit ihm zusammen, nicht wahr?", sagte er plötzlich und unerwartet.

„Wie bitte?" Sie sah, wie ernst sein Gesicht wurde. „Du spionierst mir nach?" Der jungen Frau war es plötzlich wie Schuppen von den Augen gefallen. „Du warst es also, der es erneut versucht hat mich umzubringen! Aber wieso?"
„Spielt das eine große Rolle?"
Denise Becker nickte. „Oh ja! Die Polizei wird es sicher interessieren."
„Endlich bist du wieder bei mir", schoss es aus ihm heraus, und sein Gesichtsausdruck hatte sich auf seltsame Weise verändert. Er legte seine Arme um ihre Schultern. „Ich weiß, dass uns nichts auf der Welt mehr trennen kann. Wie heißt es doch, ‚bis dass der Tod uns scheidet'?"
„Lass mich bitte los", bat sie angsterfüllt. „Du tust mir weh. Begreifst du denn immer noch nicht, Peter, dass es aus ist zwischen uns?" Angst spiegelte sich auf ihrem Gesicht wider.
Fast im selben Moment knallte die Türe hinter ihnen laut gegen die Wand. „Lassen Sie sie los, Peter!" Kirsten Berger stand da und richtete ihre Pistole auf den jungen Mann.
Peter Bogner drehte sich um und warf ihr schon einen fast bewundernden Blick zu. „Ich dachte mir schon, dass sie keine Journalistin sind." Ein beinahe erzwungenes Lächeln huschte über seine Lippen. „Wer oder was sind Sie wirklich? Polizistin?"
„Nein. So was Ähnliches. Privatdetektivin", sagte Kirsten. Sie beobachtete jede seiner Bewegungen und folgte ihnen mit ihrer Kurzwaffe.

„Fast genauso schlimm", grinste er beinahe hämisch. Dann ließ er von Denise ab und machte einen Schritt zurück. „Ich glaube, Sie haben gewonnen, Ingrid. Oder ist Ingrid gar nicht Ihr richtiger Name?"
„Richtig kombiniert."

Fast zeitgleich zu ihren Worten betraten Melanie und Björn den Raum, in dem sich die Drei befanden. „Ich habe genug von diesem Kerl. Das, was er eben hier abgezogen hat, dürfte für eine Anklage ausreichen." Sie schaltete ihr Diktiergerät, welches sich in ihrer Jackentasche befand, ab. „Das Einzige war, dass ich die ganze Nacht über mit dem Schlaf zu kämpfen hatte. Ausdauer mir gegenüber hat er ja."
Björn nickte und blickte freudestrahlend zu Denise hinüber.
„Oh Björn", hauchte Denise, als er dicht vor sie getreten war. „Ich bin so froh, dass du da bist."
„Es wird nun alles gut", flüsterte er mit zärtlicher Stimme. „Warum hast du mir nichts erzählt? Ich hätte es verstanden."
„Aber..." Ehe sie weitersprechen konnte, hatte Björn seine Hand auf ihren Mund gelegt. „Sprich jetzt nicht weiter, Liebes."
„Und du bist mir nicht einmal böse?"
Er schüttelte den Kopf. „Ich liebe dich so wie du bist. Denise, bitte werde meine Frau. Ich weiß, wir kennen uns nur sehr kurz, aber ich denke, dass es dies wert ist. Und bitte, sag nicht Nein. Ich habe in dir, da bin ich mir sicher, meine Seelenpartnerin gefunden."
Denise Becker griff nach seiner Hand und umklammerte sie fest. „Ja, Björn, ich will für immer nur dir gehören."
Melanie Berghofer war unterdessen neben Kirsten getreten, die Peter Bogner immer noch

mit ihrer Pistole in Schach hielt. „Danke für alles, Frau Berger."

„Wofür?" Kirsten ließ die Kurzwaffe sinken. „Es ist doch alles gut gegangen. Sehen Sie doch nur zu den Beiden dort drüben. Gibt es etwas Schöneres als ein Happy End? So etwas gibt es doch sonst nur in Filmen."

Melanie Berghofer lächelte. „Ich freue mich so für Denise. Endlich kann sie vergessen, was geschehen ist und ich hoffe, ein neues sorgenfreies Leben beginnen."

Kirsten nickte. Erst jetzt sah sie, wie Peter Bogner einen Revolver aus seiner Manteltasche zog und auf Denise und Björn richtete. Seine Lippen hatten sich unmerklich zusammengepresst, Eifersucht und Hass funkelten in seinen Augen. Sein Zeigefinger legte sich um den Abzug.

„Nein!", schrie die Detektivin geistesgegenwärtig und rannte auf ihn zu. „Nicht das!" Sie riss Peter zu sich herum und verpasste ihm einen Kinnhaken.

Er wirbelte herum und stürzte. Noch während er zu Boden fiel, löste sich ein Schuss aus der Waffe.

Kirsten realisierte noch einen lauten Knall, verspürte dann einen stechenden Schmerz, der sie erfüllte. Sie taumelte und für einen kurzen Moment wurde ihr schwarz vor den Augen.

„Oh Gott, ist alles in Ordnung?" Björn Hofer sah ihr gerade in die Augen, nachdem er sich mit seinen Armen aufgefangen hatte. Im Hintergrund erklangen bald darauf Sirenen...

Nachdem Björn Hofer und Denise Becker die letzten Stufen gemeinsam hinter sich gebracht hatten, drückten sie den Klingelknopf und warteten darauf, dass geöffnet wurde.

Es dauerte nicht lange, bis die Wohnungstüre aufging und Kirsten mit verblüfftem Blick in der Tür stand. Sie trug ein weißes Dreiecktuch um ihren linken Arm, der zudem mit einem weißen Verband umwickelt war. „Das ist aber eine Überraschung. Treten Sie doch bitte näher."

„Was macht Ihr Arm?" Denise blickte auf Kirstens Verband.

„Laut meinem Arzt verheilt meine Schulter prima", gab die junge Frau zur Antwort.

Björn reichte ihr einen Strauß gelber Rosen. „Wir wollten uns noch einmal bei Ihnen persönlich für alles bedanken und sie einladen."

Kirsten nahm den Strauß entgegen und Röte stieg ihr ins Gesicht. „Eine Einladung?"

„Nun ja, zu unserer Hochzeit", entgegnete Denise und lächelte zu Björn herüber. „Wir heiraten in drei Wochen."

„Wir wollen Sie natürlich auch dabei haben, denn Sie sind schließlich Denises persönlicher Schutzengel gewesen", ergänzte Björn wahrheitsgemäß. „Wenn Sie nicht gewesen wären, wer weiß, was dann geschehen wäre."

Kirstens Gesicht erstrahlte. „Ich freue mich für Sie beide." Sie machte eine kurze Pause. „Natürlich werde ich kommen. Sehr gerne sogar. Denn Sie müssen wissen, dass es auch eine

Privatdetektivin sehr gerne sieht, wenn ein Fall erfolgreich abgeschlossen ist. So wie Ihrer mit einem richtigen Happy End."

Ende

Teil 3

Zukunftsträume

Endlich scheint er sein vollkommenes Glück gefunden zu haben: Stefan Hagen trifft Valerie wieder, eine attraktive Frau von sechsundzwanzig Jahren, die er noch aus seiner Kindheit her kennt und ihn Kirsten vergessen lässt. Doch das Glück währt nicht lange: Denn ein Tag vor der Hochzeit ereilt ihn die Nachricht, dass Valerie bei einem Autounfall mit Fahrerflucht tödlich verletzt wurde. Und Stefan? Aus tiefer Trauer wird Hass. Hass auf den Menschen, der ihm sein Glück genommen hat. Der Schuldige muss büßen, und selbst Kirsten Berger kann ihn von seinem Gedanken nicht abbringen, ihn zu finden und das zu vergelten, was dieser Valerie angetan hat...

Zukunftsträume

Sie erkannte ihn auf den ersten Blick. Nachdem der Pfarrer das Amen gesprochen hatte, die üblichen drei Schaufeln Erde und Blumen durch die wenigen Hinterbliebenen auf den Sarg geworfen worden waren, trennte Valerie Bergmann sich von der kleinen Trauergesellschaft und wandte sich einem älteren Teil des Friedhofes zu. Sie stand bereits geraume Zeit am Grabe ihrer Mutter, als sich Stimmen näherten und Schritte auf dem Kies knirschten. Zwei Männer gingen auf dem schmalen Seitenweg an ihr vorüber.
Er ging vorüber, ohne zu grüßen. Erst nach ein paar Schritten schien er sich zu erinnern.
Sie nahm wahr, wie er sich seinem Begleiter zuwandte und dann mit zögernden Schritten zurückkam. Hatte er sie also auch wiedererkannt?
Indem sie dem Herankommenden mit erwartungsfrohem Lächeln entgegensah, dachte er, und sein Schritt wurde unwillkürlich langsamer, wie unnütz es möglicherweise sei, gerade dieses Stück seiner Vergangenheit wieder aufleben zu lassen. Vielleicht hätte er doch besser weitergehen sollen. Aber nun stand er vor ihr: „Valerie?"
„Hallo Stefan", Valerie streckte ihm die Hand entgegen und begrüßte ihn, als läge kein Jahrzehnt seit ihrer letzten Begegnung zwischen ihnen.

„Hier draußen auf dem Friedhof sieht man sich also wieder, Valerie. Wir haben einander ganz aus den Augen verloren, nachdem du die Stadt verlassen hast. Bleibst du für längere Zeit?"
„Für ein paar Tage", nickte die junge Frau. „Ich habe hier einige Verpflichtungen, denen ich nachkommen muss."
Stefan Hagen lächelte. Es war dieses Gesicht, an dem sein Blick plötzlich haftenblieb. Die Jahre von der Jugend bis zu ihrem sechsundzwanzigsten Lebensjahr waren auch an ihr nicht so vorübergegangen. Sie war viel schöner geworden.
Stefan bekam zusehends mehr Interesse daran, Valerie besser kennenzulernen. Die Nachbarstochter, der er in der Vergangenheit so wenig Beachtung schenkte. Zu wenig Beachtung, vielleicht. „Wir könnten uns vielleicht mal für eine Stunde irgendwo in der Stadt treffen. In den letzten Jahren ist schließlich viel geschehen. Und wir hätten einander gewiss einiges zu erzählen."
„Gerne. Wann würde es dir passen?"
„Am Donnerstag im Laufe des Nachmittags? Für eine Stunde im Café Schönebeck, ja?"
Valerie willigte ein.

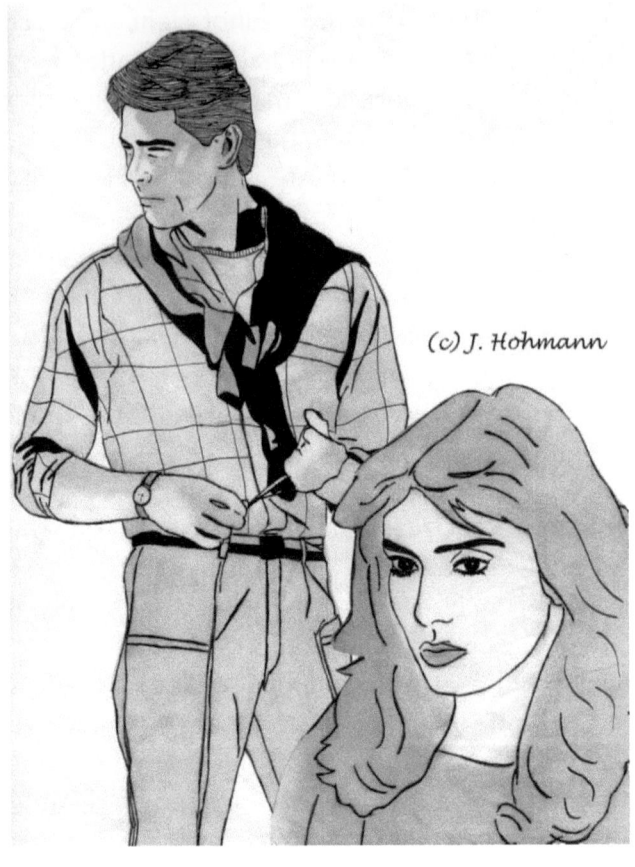
(c) J. Hohmann

Drei Monate waren seither vergangen. Stefan Hagen stand vor der Tür zur Terrasse und blickte gedankenverloren nach draußen. Er dachte an Valerie, an die Hochzeit mit ihr. Stefan erinnerte sich. Hatte er in Valerie doch stets den sogenannten Kumpel gesehen, mit dem man über alles reden, selbst seine geheimsten Wünsche anvertrauen konnte. Möglicherweise lag es aber auch daran, dass sich Valerie wie ein Junge kleidete, kurze Haare trug und sich auch so benahm. Nie im Leben hätte er daran gedacht, dass es zwischen ihm und ihr noch einmal etwas hätte werden können. Er mochte sie, doch Liebe war es nie gewesen.

„Verrückt", flüsterte er leise vor sich hin. Dann nahm er das Streichholz aus dem Mund, auf dem er schon geraume Zeit herum kaute. „Liebe auf den zweiten Blick." Stefan bemerkte nicht, dass hinter ihm eine junge Frau in das Zimmer eingetreten war.

„Noch ein paar Stunden, Stefan", lächelte sie und legte ihre Handtasche in den Ledersessel.

„Kirsten!", Stefan freute sich sie zu sehen. „Mensch, schön, dass du gekommen bist."

„Hoffentlich bringt es kein Unglück, wenn eine andere Frau vor dem Hochzeitstag mit dem Bräutigam zusammen ist?" Sie waren dicht aneinander herangetreten und sahen sich für kurze Zeit schweigend an.

„Ich freue mich so für dich, Stefan", unterbrach Kirsten die Stille und strich sich mit der rechten Hand durch ihr kurzes Haar. „Du bist zu beneiden. Ich meine natürlich, was Valerie angeht."

Der junge Mann sah ihr gerade in die Augen. „Mit dir, das war eine wirklich schöne Zeit."

Kirsten Berger lachte. „He, das ist aber schon verdammt lange her."

„Trotzdem. Es war etwas Besonderes für mich, das ich niemals vergessen werde." Er machte eine kurze Pause. Dann fügte er entschlossen

hinzu: „Nein, DU warst etwas Besonderes. Das solltest du einfach wissen."
Röte stieg in Kirstens Gesicht. Sie schaute unter sich. „Quatschkopf", entgegnete sie. „Natürlich war es eine tolle Zeit. Es gab nie etwas Vergleichbares nach dir. Ich meine, ja, ich gebe zu, wir waren in gewisser Weise etwas Besonderes."
Stefan beugte sich vor und nahm Kirsten in die Arme. Er konnte nicht sehen, wie sich Kirstens Augen mit Tränen füllten. Waren es Freudentränen oder Tränen der Trauer?

Kirsten Berger konnte sich keine Antwort auf diese Frage geben. Ja, sie musste zugeben, dass sie ein wenig Eifersucht verspürte, wenn sie daran dachte, dass Stefan sich für eine Hochzeit entschieden hatte. Mit einer Frau, die dazu noch sehr attraktiv war, wie sich eingestehen musste. Womöglich war es auch nur Neid auf das Glück der Beiden, das sie selbst verlassen zu haben schien. Was für ein Preis für ihr Leben als Privatdetektivin. Leise Musik und gedämpftes Licht untermalten ihre Melancholie noch.
Kirsten lag daheim zusammengerollt und mit einer Wolldecke umschlungen auf dem Sofa und starrte vor sich auf die halb leergetrunkene Flasche Sahnelikör und das leere Glas daneben. Wie aus weiter Entfernung vernahm sie das leise Surren des Telefons. „Nein!", sagte sie heftig und rollte sich tiefer in die Wolldecke ein. „Ich bin für niemanden zu sprechen."

Als es erneut surrte, winkte sie zuerst mit einer Handbewegung ab und dachte zufrieden, wie gut es doch war, einen Anrufbeantworter zu haben. „Sofern er funktioniert", ihre Stimme hob sich bedrohlich.

Kirsten warf die Decke beiseite, schlüpfte mit einem Fuß in den rechten Pantoffel und tänzelte mit dem anderen in der Hand zum Telefon hinüber, das auf einem Beistelltisch in der anderen Ecke des Raumes stand. Dann riss sie den Hörer hoch. „Ja?"

Obwohl Kirsten doch etwas betrunken war, entging ihr Susannes aufgeregte Stimme nicht. „Kannst du bitte heute noch vorbeikommen? Es ist etwas Entsetzliches passiert..."

Es war das, was Susanne dann noch sagte, dass Kirsten zuerst die Sprache raubte und plötzliche Übelkeit verbunden mit naher Bewusstlosigkeit in ihr aufkommen ließ. Sie warf den Hörer auf den Tisch, hielt sich die Hand vor den Mund und spürte, wie der Likör zurückkehrte.

Blitzschnell war sie zum Badezimmer geeilt, warf die Türe laut gegen die Wand...

Das kühle Nass auf dem Gesicht tat gut. Ihr Blick in den Spiegel verriet alles über den Schmerz, der sie zuvor traf. Ihre Augen leicht gerötet, legte sie das Handtuch, mit dem sie sich zuvor das Gesicht abgetrocknet hatte beiseite und ging langsam ins Wohnzimmer zurück. Ihre Gedanken kreisten in diesem Moment um das, was Susanne ihr am Telefon mitgeteilt hatte, und ein Schauer rieselte ihr dabei über den Rücken. „Bist du noch am

Apparat?", fragte sie, als sie den Hörer wieder ergriff.

Kapitel 1

Als Kirsten am darauffolgenden Morgen erwachte, verspürte sie starke Kopfschmerzen, die vom vergangenen Abend herrührten. Die Nacht war eine Katastrophe. Fast stündlich schreckte sie schweißgebadet aus dem Schlaf hoch, und immer wieder verfolgten sie erneute Alpträume.
Sie bemerkte, dass sie in ihren Gedanken versunken war, als sie das mit Marmelade bestrichene Croissant zum fünften Male in den nur noch lauwarmen Kaffee tunkte.
Selbst das Fahren mit ihrem Cabrio durch den dichten Verkehr bereitete ihr Probleme. Sie dachte an das, was passiert war, an den vergangenen Abend, den Anruf von Susanne und das zuvor Geschehene. Es war ein Autofahrer wie sie, der den Unfall verursacht und das Leben eines noch jungen Menschen ausgelöscht hatte.
„Verdammt noch mal, nun fahr doch endlich!", fluchte sie und schlug mit ihren Fäusten auf das Lenkrad. Ihre Stimme verhallte im Innern des Wagens. Sie wusste, dass derjenige, der vor ihr in dem weißen Mittelklassewagen fuhr und abrupt zum Stehen gekommen war, sie nicht hören konnte. Sie sah vielmehr dieses Grinsen in seinem Rückspiegel, das er aufgesetzt hatte. Und dies ließ noch mehr Wut in ihr aufsteigen.

Als sich der Stau langsam auflöste, dachte der Fahrer vor ihr nicht im Geringsten daran weiterzufahren. Vielmehr lang nur ein noch fieseres Grinsen auf seinem Gesicht."

„Mistkerl!", schrie sie aus dem heruntergelassenen Seitenfenster. Sie schlug erneut auf das Lenkrad und betätigte die Hupe. „Nun fahr schon." Ein Blick in ihren eigenen Rückspiegel zeigte eine schon länger gewordene Schlange von etwa zehn Fahrzeugen, deren Fahrer ebenfalls ungehalten hinter dem Steuer saßen. Ein Hupkonzert ertönte.

Doch noch immer dachte der Kerl vor ihr nicht daran, die Straße zum Weiterfahren freizugeben. Mit einem Male besann sich Kirsten. Sie bemerkte die Aggression, die sich in ihr angestaut hatte, und die sie somit scheinbar nicht mehr unter Kontrolle zu haben schien. Sie biss sich auf die Unterlippe. „Nein!", ermahnte sie sich. Und sie versuchte sich zusammenzureißen.

Sie spürte auf einmal, wie die Realität zu verwischen begann, sah auf der Straße dicht vor ihrem Wagen, eine leblos wirkende Gestalt liegen, die Glieder seltsam verdreht und darunter eine große Lache Blut. Kirsten erkannte das Gesicht der Toten: Valerie Bergmann. Das sonst so hübsche Gesicht war zu einer schmerzerfüllten Grimasse entstellt, und ihre Augen waren weit aufgerissen.

Die junge Frau schüttelte sich heftig und kniff die Augen zusammen. Sie umgriff das Lenkrad fester, beinahe krampfhaft.

Als sie ihre Augen wieder öffnete, war die Vision vor ihr verschwunden. Selbst der weiße Wagen, der kurz zuvor noch den Verkehr behinderte, war verschwunden. Die hinter ihr ertönenden Hupgeräusche begannen sich ihrem Kopf zu überschlagen, und sie bemerkte, dass sie ihr galten.

Kirsten legte den Gang ein und fuhr zügig davon.

Stefan Hagen lag ausgestreckt auf dem Bett, er umklammerte Valeries Kopfkissen und starrte die Decke an. Tränen rollten über sein Gesicht, und man konnte erkennen, dass tiefe Trauer in ihm war.

Auf einmal war ihm, als würde er das zauberhafte Gesicht von Valerie erkennen können. Es war wieder dieses bezaubernde Lächeln, das ihn so magisch anzog. Er träumte davon, wie schön es gewesen wäre, mit dieser Frau verheiratet zu sein. Und morgen sollte ihre Hochzeit sein: die Hochzeit zwischen ihm und Valerie Bergmann.

Dann, auf einmal, sah er in Gedanken wieder die beiden Polizeibeamten, wie sie an der Haustüre läuteten. Stefan sah in ihren Gesichtern, dass sie keine gute Nachricht bringen würden. Und nun konnte er sich nur noch daran entsinnen, wie er im Anschluss zusammengebrochen war. Das war vor etwa zehn Stunden.

Und doch war ihm, als wäre es erst eben gewesen. Nein! Er konnte und wollte sich einfach nicht damit abfinden, dass Valerie nicht mehr am Leben war.

„Valerie?", lächelte Stefan auf einmal und richtete sich auf. Er sah, wie die Türe zum Schlafzimmer geöffnet wurde. Aber er musste versuchen zu begreifen, dass Valerie nicht mehr in diesen Raum eintreten konnte. Und erneut überkam ihn heftiger Seelenschmerz.

„Stefan...", Kirsten Berger suchte nach einem Lächeln, was ihr jedoch misslang, als sie vor ihn getreten war.

„Hallo Kirsten."

Kirsten setzte sich auf den Bettrand. Für einen Augenblick versuchte sie seinem Blick zu entgehen. Sie wusste nicht, welche Reaktion gerade jetzt die richtige war. Alles, was sie von sich gegeben hätte, wäre töricht gewesen. Denn nichts, rein gar nichts konnte ihm seinen Schmerz jetzt nehmen. Und dennoch brauchte er nun Hilfe. Jemanden, der zu ihm hielt und ihm tröstende Worte zusprach.

„Ich freue mich, dass du da bist."

Die Hemmschwelle ihrer Unsicherheit war gebrochen. Sie zögerte nicht und griff nach seiner Hand. „Das war doch selbstverständlich. Oh, Stefan..." Sie brach ab. „Es tut mir so unendlich leid." Sie beugte sich vor und legte ihre Arme tröstend um ihn.

„Wer tut so etwas?", schluchzte er. Er lehnte seinen Kopf gegen ihre Schulter, und er empfand

es als angenehm, ihre Wärme zu spüren. „Wer? Sag' mir bitte WER, Kirsten?"
„Ich weiß es nicht", gab sie beinahe flüsternd zur Antwort. „Man wird diesen Menschen sicher bald finden. Und dann wird man ihn zur Rechenschaft ziehen."
„Und dann? Das bringt Valerie auch nicht mehr zurück."
Kirsten bemerkte die Verbitterung in seiner Stimme. Sie wusste nicht so recht, was sie darauf antworten sollte. Ja, sie gab Stefan recht. Selbst, wenn man den Fahrer finden würde, was bekam er an Strafe nach dem Unfall mit Todesfolge? Was sagten die Gesetze dazu? Unfall mit Fahrerflucht; Führerscheinentzug, Geldstrafe, Haftstrafe? Was für ein Hohn, wenn man bedachte dies der Gegenwert für ein Menschenleben war.

Sie überkam während der Heimfahrt das Gefühl, dass Stefan es sich selbst zur Aufgabe zu machen schien, den Mörder, so wie er ihn selbst nannte, zu suchen, um ihn zur Rechenschaft zu ziehen. Seine Ruhe, die er ihr gegenüber schlagartig zeigte, schienen die ersten Anzeichen dafür zu sein. Und als nächstes waren da noch die Worte, die er zu ihr sagte, als sie das Haus verließ und in den Wagen steigen wollte: „Es wird eine gerechte Strafe dafür geben."
Kirsten schluckte. Es war nicht auszudenken, was geschehen würde, wenn Stefan denjenigen fand, der dies getan hatte. „Ich muss ihn vor ihm

finden", sagte sie leise zu sich, „bevor es zur Tragödie kommt."

Kirsten hatte Susanne Marquart von ihrer Vermutung berichtet. Einerseits, so hatte sie zu Kirsten daraufhin gesagt, konnte sie den jungen Mann verstehen, dass er tief im Innern nicht nur Trauer in sich trug. Dort schien auch abgrundtiefer Hass zu wachsen - Hass auf den Menschen, der Valeries Leben auslöschte und dann feige Fahrerflucht beging. Vielleicht hätte sie auch derartige Gefühle empfunden. Doch sie konnte es nicht mit Gewissheit sagen.

Susanne nahm einen Schluck des Cappuccinos, den ihr zuvor die Bedienung des Eiscafés gebracht hatte. Kirsten hingegen stach mit ihrem Löffel lustlos im Eisbecher herum.

„Du machst dir große Sorgen um Stefan, nicht wahr?"

„Ich kenne Stefan, ich weiß, wie er tickt." Kirsten sah ihre Freundin ernst an. „Er ist mir sehr ähnlich. Und ich glaube, wenn er denjenigen gefunden hat, der das getan hat, kann ich für nichts mehr garantieren, Susanne."

Ein leichter Nordwind blies über das Gesicht der beiden Frauen. Der Sonne war es zwischenzeitlich gelungen, die letzten Wolken zu durchbrechen und wärmende Strahlen zur Erde zu senden. Reger Menschenverkehr war in der Fußgängerzone entstanden.

Kirsten bemerkte den Blick, der auf ihr ruhte. Sie blickte auf, um herauszufinden, woher er kam und von wem er stammte. Sie empfand stets

Unbehagen bei dem Gefühl, wenn ein Mensch sie länger anstarrte.

Zwei Tische weiter saß ein junger Mann, der sie mit ruhigem und aufmerksamen Blick ansah. Er lächelte, als sie zu ihm hinübersah.

Sie wurde das Gefühl nicht los, dass ihr sein Gesicht bekannt vorkam. Aber je länger sie darüber nachdachte, umso weniger kam sie dahinter, wer dieser Mann war. Sie schätzte ihn auf Mitte dreißig.

„Was ist los?", wollte Susanne wissen.

„Eigentlich nichts", murmelte Kirsten. „Aber dieser Typ dort drüben glotzt mich so dämlich an." Sie tat gelangweilt, obwohl es ihr lästig wurde, und fischte ein Fruchtstück aus dem Becher. „Hättest du was dagegen, wenn wir bald gehen würden?"

„Natürlich nicht", lächelte Susanne und schob den Stuhl zurück. „Dann lass uns mal von hier verschwinden, Frau Berger."

Als Kirsten in ihr Cabrio steigen wollte, wusste sie, woher sie diesen Kerl kannte, der sie so lange beobachtete. Sie sah, dass auch er gerade dabei war, in einen weißen Wagen zu steigen. Und sie bemerkte den Unfallschaden vorn am Fahrzeug...

Die Zulassungsstelle für Kraftfahrzeuge befand sich in einen großem Ämterkomplex am anderen Ende der Stadt, etwas außerhalb gelegen. Als Kirsten das Gebäude betrat, dachte sie abermals daran, was geschehen würde, wenn Stefan Hagen den Todesfahrer finden würde. Es würde geradezu eine Kurzschlusshandlung bei ihm hervorrufen, und das musste Kirsten versuchen zu verhindern.

„Hallo Volker." Sie hörte die fluchende Menschenmenge nicht mehr, an der sie sich vorbei gezwängt und vorgedrängt hatte.

Ein junger Mann um die Dreißig mit kurzen blonden Haaren und einem Drei-Tage-Bart hob den Kopf, als Kirsten an seinen Arbeitsplatz herangetreten war.

„Hallo mein Schatz", erwiderte der junge Mann und umarmte Kirsten herzlich. „Wie geht es dir? Vielmehr, was kann ich für dich tun?"

„Kannst du mir wieder einmal einen Gefallen tun?"

„Natürlich. Welchen Halter soll ich dieses Mal für dich ermitteln? Du weißt aber, dass ich für dich meinen Job riskiere? Wie willst du das wieder gut machen?"

„Ach Volker, das weiß ich doch." Kirsten drückte dem jungen Mann einen Kuss auf die linke Wange. „Ich brauche den Halter von dem weißen Mittelklassewagen mit dem Kennzeichen hier." Sie schob ihm einen kleinen Zettel zu.

Um ein Haar hätte sie vor dem Café vergessen das Kennzeichen zu notieren. Nicht auszudenken gewesen, wenn sie viele Halter mit weißen Fahrzeugen hätte aufsuchen und nach einem eventuellen Unfallschaden Ausschau halten zu müssen.

„Ich danke dir, Volker." Kirsten umgriff den Umschlag fester, in dem sich Name und Anschrift des Fahrzeughalters befanden. „Ich werde es wieder gut machen, das verspreche ich."

Kapitel 2

Es war bereits acht Uhr vorbei, als es an der Wohnungstüre von Kirsten Berger läutete. Sie war nicht wenig überrascht, als sie Stefan Hagen vor der Türe stehen sah. „Darf ich reinkommen?" „Natürlich", Kirsten bat ihn herein. „Mach es dir bitte bequem, okay? Ich muss noch mal kurz in die Dunkelkammer. Bin sofort wieder da." Mit

diesen Worten ließ sie Stefan im Wohnzimmer zurück und war verschwunden.
Stefan Hagen saß schon eine Weile auf dem Zweisitzer, als er das weiße Blatt Papier auf dem Tisch dort liegen sah. Er legte die Fernsehzeitschrift beiseite und nahm es zur Hand. Dann las er, was darauf geschrieben stand.
„Interessant", sagte der junge Mann beinahe tonlos. „Das kann ich sehr gut gebrauchen."
Als Kirsten aus der Dunkelkammer ins Wohnzimmer zurückkehrte, war der Tisch, auf dem zuvor der Bogen Papier lag, leer. Die Fernsehzeitschrift hatte er neben sich auf den Zweisitzer gelegt.
„Wie geht es dir?" Kirsten füllte zwei Gläser mit Wasser und reichte ihm eines davon
Er blickte unter sich. „Wie soll es mir schon gehen? Ich werde einfach damit nicht fertig, dass Valerie nicht mehr da ist, verstehst du? Ich meine, wenn sie seit längerem an einer unheilbaren Krankheit gelitten und daran hätte sterben müssen, hätte ich mich mit diesem Gedanken vertraut machen können, auch wenn es mir schwergefallen wäre. Aber das hier ist etwas Anderes. Es ist, als würde sie noch existieren, als würde sie vielleicht jeden Moment durch die Wohnungstür kommen, vor mir stehen und ich würde mit ihr sprechen können. Ich kann mich einfach nicht damit abfinden, dass sie tot ist." Er schwieg kurz. Dann, nachdem er das Glas mit einem Schluck geleert hatte, erhob er sich plötzlich und sagte mit ruhiger und gefasster

Stimme: „Es tut mir leid, Kisten, aber ich muss leider schon wieder gehen. Ich habe noch etwas zu erledigen."
„Wie, du willst schon gehen?"
Stefan beugte sich vor und drückte ihr einen Kuss auf die Stirn. „Mach's gut. Und danke für alles."
Während Stefan die ersten Treppenstufen nahm, sah ihm Kirsten nach. „Bitte mach keine Dummheiten, ja?" Ein unbehagliches Gefühl überkam sie, als sie Wohnungstüre hinter sich schloss. Für einen Augenblick lehnte sie mit dem Rücken an der Tür. Und urplötzlich fiel ihr das Blatt Papier mit den Informationen über den Halter des weißen Autos ein.
„Verdammt! Ich hätte es wissen müssen", ihre Stimme hob sich, als sie den leeren Tisch sah. Kirsten rannte zur Türe und warf sie laut gegen die Wand. Jeweils zwei Treppenstufen auf einmal genommen, war sie draußen auf der Straße angelangt. „Stefan!", rief sie und sah in beide Richtungen.
Von Stefan Hagen jedoch war weit und breit nichts mehr zu sehen.

Susanne war gerade aus dem Badezimmer gekommen, als jemand an der Wohnungstür Sturm klingelte. Frisch geduscht und im Bademantel eilte sie zur Tür. Um ihren Kopf war ein weißes Handtuch zum Turban gebunden
Kirsten ließ sie nicht zu Wort kommen und drängte sich an ihr vorbei. „Ich habe einen großen Fehler begangen!" Die junge Frau ließ

sich einfach in den Sessel der Polstergarnitur hinein sinken und gab einen lauten Seufzer von sich.
„Was ist denn passiert?" Susanne kam ihr ins Wohnzimmer nachgeeilt. „Wovon sprichst du?"
„Stefan", gab Kirsten zur Antwort. „Ich hätte besser aufpassen müssen."
Susanne begriff rein gar nichts. „Was wissen müssen? Würdest du bitte mit mir Klartext sprechen und mir erklären, was passiert ist?"
Die Detektivin richtete sich auf und blickte zu Susanne auf. „Stefan hat mich vor etwa einer halben Stunde aufgesucht. Er saß höchstens für ein paar Minuten alleine im Wohnzimmer, weil ich in der Dunkelkammer noch einen Rest Fotos entwickeln wollte. Als ich zurückkehrte, hatte er es auf einmal sehr eilig und wollte wieder gehen." Dann fuhr sie fort: „Zuerst wusste ich nicht warum. Ich glaubte zuerst, ich hätte ihm weh getan mit der Frage, wie es ihm ginge. Doch als er dann gegangen war, erkannte ich den Grund dafür. Der Zettel mit der Anschrift des Halters von dem weißen Wagen war verschwunden."
Susanne hob die Augenbrauen. Sie wickelte das Handtuch vom Kopf, und ihr langes Haar fiel locker auf die Schultern hinab. „Ich brauche dich wahrscheinlich nicht zu fragen, wo er sich jetzt aufhält, oder?"
„Ich habe es eben erst bei ihm zu Hause versucht, aber dort war er nicht. Er ist wie vom Erdboden verschluckt", gab Kirsten

niedergeschlagen zur Antwort. Sie fühlte sich miserabel zumute. „Das Schlimme daran ist, dass ich nicht weiß, was er anstellen wird."

Susanne Marquart drehte sich um und ging zum Badezimmer zurück. „Es nützt nichts, wenn du dir Selbstvorwürfe machst", sagte sie mit einem kurzen Blick durch die Türe. „Wir müssen vielmehr was unternehmen, ihn suchen. Vor Allem ihn aber finden, bevor er etwas oder jemanden findet, Kirsten." Mit diesem Satz wurde die Türe zum Badezimmer geschlossen, und man konnte hören, wie drinnen ein Haartrockner eingeschaltet wurde.

Kirsten hatte währenddessen ihr Adressbuch hervorgeholt und Ulf Reuters Telefonnummer herausgesucht. Doch das einzige, was sich am anderen Ende meldete, war der Anrufbeantworter des Rechtsanwaltes. „Verdammtes Ding!", fluchte Kirsten und knallte den Hörer in die Gabel zurück. Enttäuscht ließ sich die junge Frau in den Sessel zurücksinken.

Kurze Zeit später verließen die beiden Frauen Susannes Wohnung.

Susanne Marquart fuhr schon eine Weile durch die Straßen der Stadt. Sie hatte einige der Lokale aufgesucht, die ihr Kirsten genannt hatte und in denen sich Stefan des Öfteren aufhielt. Nachdem sie nun das letzte Lokal verlassen und in ihren Wagen gestiegen war, dachte sie - und sie schüttelte den Kopf dabei - dass es leichtsinnig von Kirsten war, den Umschlag mit der Adresse auf dem Wohnzimmertisch liegenzulassen. Die Polizisten hatten zwar etwas von einem weißen Mittelklassewagen gesagt, dennoch war es unklar, ob es sich gerade um diesen hier handelte. Es wäre wie ein Sechser im Lotto. Alles war offen. Aber ihr war auch klar, dass Stefan in seiner Trauer unberechenbar geworden war und sich womöglich darin verrannte, dass dieser Fahrer der Schuldige sein könnte.

„Diese Frau ist unverbesserlich." Manchmal war Kirsten für Susanne wie ein Buch mit sieben Siegeln. Sie musste mit ihrem Kleinwagen vor einer roten Ampel halten. Susanne befand sich auf der rechten Abbiegespur der Kreuzung, als sie einen Blick nach links zum Seitenfenster hinauswarf. Direkt neben ihr war ebenfalls ein Kleinwagen zum Stehen gekommen.

Erst nach nochmaligem Hinübersehen erkannte sie den Fahrer dort hinter dem Steuer. Es war Stefan, der nervös auf dem Lenkrad herum trommelte. Doch ehe sie auf irgendeine Weise auf sich aufmerksam machen konnte, war die Lichtanlage für Stefans Fahrspur auf Grün umgesprungen, und der junge Mann war mit seinem Wagen Richtung Konrad-Adenauer-Straße verschwunden.

Susanne Marquart warf einen kurzen Blick in den linken Außenspiegel und zog ihren Wagen zügig auf die linke Spur hinüber und fuhr Stefan eilig nach. Nach kurzer Zeit hatte sie ihn in seinem Kleinwagen wieder eingeholt.

Sie war dicht aufgefahren und hatte mehrmals die Lichthupe betätigt. Doch Stefan reagierte nicht...

Irgendwo im Nordviertel, in einem Mehrfamilienhaus in der siebten Etage. Dort, im Wohnzimmer, saßen eine ältere, grau melierte Dame von etwa siebzig sowie eine junge Frau Anfang zwanzig mit modernem Kurzhaarschnitt. In einem Sessel etwas abseits von ihnen lümmelte sich ein junger Mann gleichen Alters, die Füße auf einen Beistelltisch gelehnt. Er blätterte gelangweilt in einer Zeitschrift herum.
Im Fernseher, der in der großen, massiven Schrankwand stand, flimmerte die Folge einer Familienserie. Niemand nahm besondere Notiz davon.
Die ältere Dame schien besorgt zu sein, und nach einer Weile sagte sie mit gefestigter Stimme: „Nicole, wir können nicht einfach hier nur so herumsitzen und so tun, als sei nichts passiert. Zwar kann man nicht ungeschehen machen, was geschehen ist, aber Ihr müsst zur Polizei gehen."
Sie wartete darauf, dass irgendeiner von den Beiden etwas darauf erwiderte.
Nicole Feller hatte zwischenzeitlich den Nagellack auf den Tisch zurückgestellt. Sie starrte regungslos die weißgetünchte Wand an. Die Geschwister schwiegen. Marco Feller starrte weiterhin auf die Zeitschrift. Hätte man ihn gefragt, was er dort las, er hätte nichts darauf antworten können, wusste er nicht einmal, ob es

sich hierbei um die aktuelle oder die der vergangenen Woche handelte.

„Ich halte es nicht mehr aus", sagte Franziska Feller plötzlich. „Ihr könnt doch nicht Beide so tun, als sei überhaupt nichts passiert? Wer von euch Beiden ist denn gefahren und hat dieses Unglück herbeigeführt? Wer war denn reichlich alkoholisiert und hat die Frau nicht bemerkt, als sie die Straße überqueren wollte?"

„Großmutter hat recht, Nicole", um Marco Fellers Mundwinkel zuckte es. „Bald werden sie herausgefunden haben, dass wir diese Frau auf dem Gewissen haben."

„Wer sagt dir denn, dass sie tot ist, lieber Bruder?", fauchte Nicole. „Vielleicht lebt sie ja noch und ist putzmunter. Wir haben uns das möglicherweise nur alles eingebildet." Die junge Frau erhob sich von der Couch und trat an eines der beiden Fenster heran. „Außerdem hattest du ebenfalls einen im Tee, Brüderchen, falls du dich daran erinnern kannst. Ich wollte ja ein Taxi rufen, aber du hast darauf bestanden, dass wir das Auto nehmen, weil du Vatis Wagen nicht vor der Disco stehenlassen wolltest. Also halt mal den Ball flach. Mir allein den schwarzen Peter zuzuschieben, das kannst du vergessen!" Ihre Augen waren zu schmalen Schlitzen geworden. Dann drehte sie sich um und warf Marco Feller einen kalten Blick zu: „Wir sitzen beide im selben Boot. Auch wenn ich gefahren bin, versuche ja nicht auszusteigen, denn ich schwöre dir, du wirst mit mir untergehen."

Marco Feller fuhr zusammen. Niemals hatte er seine Zwillingsschwester so reden hören. Ihr Gesichtsausdruck sagte ihm, dass sie es sehr ernst meinte. Er warf seiner Großmutter einen hilfesuchenden Blick zu, die jedoch nur ihre Schultern hob und resignierend den Raum verließ.

Susanne Marquart war auf den großen Parkplatz eines Einkaufszentrums gefahren und hatte den Motor abgestellt. Hinter ihr gingen die Scheinwerfer eines Wagens aus und Kirsten trat, nachdem sie ausgestiegen war, an Susannes Wagen heran. „Der Kerl hat mich voll gelinkt", Susanne klang frustriert. „Er muss irgendwo in einer der Querstraßen der Konrad-Adenauer-Straße abgebogen sein. Ich bin kreuz und quer durch das Viertel gefahren. Keine Spur von ihm. Er kann überall sein."
„Verdammt!", fluchte Kirsten. Sie stand neben Susanne und trat zornig und mit voller Wucht mit dem rechten Fuß gegen den linken Vorderreifen. Sie blickte in die Dunkelheit der Nacht hinein. „Wie konnte ich nur so unvorsichtig sein?"
„Dein Fluchen hilft uns jetzt auch nicht weiter", Susanne legte der Detektivin die Hand auf ihre Schulter und drehte sie zu sich um. „Wir können nur hoffen, dass wir schneller als Stefan sein werden. Weißt du nicht noch ungefähr, wie der Name und die Straße lauteten?"

„Fellner oder so ähnlich. Die Straße jedoch weiß ich nicht mehr. Ich muss morgen noch mal zu Oliver fahren oder ihn anrufen."
Susanne ließ von ihr ab und öffnete die Fahrertür ihres Wagens. Noch während sie einstieg, sah sie Kirsten dort mit fast leerem Blick stehen. Sie gab einen Seufzer von sich und rief ihrer Freundin zu: „Los, Kirsten, komm endlich, du kannst bei mir übernachten. Wir können heute eh nichts mehr tun."

„Hast du immer so einen unruhigen Schlaf?", hörte Kirsten Susanne aus dem Badezimmer fragen. Ein Blick auf den Radiowecker verriet, dass es erst Viertel nach Sieben war. Kirsten murmelte etwas von tatsächlich schlecht geschlafen und Alpträumen, die sie gehabt hätte. Sie richtete sich auf und sah, wie Susanne hereinkam und zu grinsen anfing. „Was ist? Warum grinst du so?", fragte Kirsten ein wenig erbost.
„Sieh dich nur im Spiegel an. Du siehst aus, als hättest du heute Nacht mit einer ganzen Armee gekämpft", lachte Susanne.
Tatsächlich. Ein Blick in den gegenüberliegenden Spiegel ließ sie einen Schreck bekommen. Sie kroch vom Bett und stand in einem Pyjama, der ihr mindestens eine Nummer zu groß war und bis weit über die Schultern hing, aufrecht so dicht vorm Spiegelschrank, dass sie mit ihrer Nasenspitze die Fläche berührte. Sie fuhr mit der rechten Hand durch ihre zerzausten Haare.

Als sie sich zu Susanne umdrehte und ihr gerade in die Augen sah, konnte diese sich nun überhaupt nicht mehr halten.

„Findest du, dass dies der richtige Augenblick ist, um sich zu amüsieren?" Kirsten schleppte sich, immer noch unendlich müde, zum geöffneten Fenster herüber und blickte nach draußen.

Susanne hingegen hob resignierend die Schultern und ging in die Küche, um das Frühstück zuzubereiten.

Ein Anruf, der gerade mal drei Minuten andauerte, hatte ausgereicht, um von Volker erneut die Anschrift des Halters zu bekommen. Die Detektivin hatte sich eine sehr gute Ausrede dafür einfallen lassen müssen.

Die beiden jungen Frauen bereuten es in gewisser Weise, die restliche Nacht geschlafen zu haben, denn sie wussten nicht, was zwischenzeitlich geschehen war, ob Stefan mit seiner Ermittlung weitergekommen war oder ob er den „Täter", wie er ihn nannte, bereits zur Rechenschaft gezogen hatte.

Kirsten nannte Susanne die Anschrift des Halters, ehe sie in den Wagen stieg. „Alfred Feller, Heinrich-Heine-Straße Fünf." Sie ging zu ihrem Cabrio und öffnete die Fahrertür. „Dann wollen wir mal das Beste hoffen. Ich fahre noch mal bei ihm vorbei. Du direkt dorthin?"

Kapitel 3

Stefan Hagen lehnte schon seit geraumer Zeit zurück in seinem Fahrersitz und blickte zu einem Mehrfamilienhaus herüber. Auf der gegenüberliegenden Straßenseite sah er den weißen Mittelklassewagen stehen. Trister, grauer aneinandergereihter Beton schmückte das Bild dieses Stadtteils.

Neben ihm glänzte unter den ersten Strahlen der zuvor hinter den Häusern aufgegangenen Sonne der frisch polierte Chrom eines 38-er Revolvers, den Stefan zuvor erst geladen hatte. Die Waffe hatte der junge Mann nur für Notfälle in der Pension in einem Waffenschrank aufbewahrt. Auf dem Boden im Fußraum des Beifahrersitzes lag eine halbleere Schachtel, aus der ein paar Patronen gerollt waren. Sein Blick war starr auf den Hauseingang gegenüber gerichtet.

Als er angekommen war, hatte er den Wagen sofort entdeckt. Und im Lichtkegel der Straßenbeleuchtung hatte er den Frontalschaden gesehen, dann die eingebeulte Motorhaube, die Spuren am Lack und den zersplitterten rechten Scheinwerfer. Der Schaden war noch nicht alt, das konnte jeder erkennen. „Alfred Feller", flüsterte er leise vor sich hin, als er das Kennzeichen mit dem Namen auf seinem Zettel verglich.

Seine Augen waren zu schmalen Schlitzen geworden, als er aus dem Haus auf der anderen Seite zwei Menschen herauskommen sah. Er konnte sehen, wie ein junger Mann vor den Wagen trat und immer wieder mit der rechten Hand und dem Kopf auf den Schaden wies. Bruchstücke seiner Worte, die hart und wie Vorwürfe klangen, drangen durch die halbgeöffnete' Scheibe.

„Wie sollen wir das Vater erklären?" Marco Fellers Stimme klang schroff, und er warf seiner Schwester einen strengen Blick zu. „Könntest du mir das bitte verraten?"

„Du bist doch derjenige in der Familie, der stets die besseren Ideen hat, Bruderherz." Nicole Feller verzog das Gesicht zu einer gehässigen Grimasse und stand nun dicht vor ihm. „Also lass dir was einfallen, wie du unserem Vater erklärst, woher der Frontschaden hier stammt."

Marco Feller musste sich zusammenreißen, die Versuchung war groß, seiner Schwester eine runter zu hauen. Er ballte seine rechte Hand zu einer Faust und schob sie in die Jackentasche. Schließlich biss er sich auf die Unterlippe. Eigentlich mochte er seine Zwillingsschwester gut leiden. Sie war behüteter aufgewachsen als er. Kein Wunder, sie war das Mädchen in der Familie. Mädchen hatten es immer einfacher. Nicole war seit jeher immer Mutters Liebling, sie bekam was sie wollte. Er hingegen musste um die Gunst seiner Eltern kämpfen, bekam nichts in den Schoß geworfen. Seine Eltern gaben ihm sogar oft zu verstehen, dass er das schwarze Schaf in der Familie sei. Eine Zeitlang war er sogar abgerutscht, auf die schiefe Bahn geraten, hatte mit Kumpels, die er noch aus der Schulzeit her kannte, nachts auf der Straße Autos demoliert, Wände mit Graffiti und Sprüchen beschmiert. Aber auch Menschen, die noch unterwegs waren, angepöbelt, sie verletzt oder gar ausgeraubt. Doch dafür hatte er bezahlt. Er stand oft vor dem Jugendrichter und leistete die Strafe in gemeinnütziger Arbeit ab.

Bei Nicole war alles anders. Im Geldausgeben war sie nicht zu übertreffen, obwohl ihr Vater oft versucht hatte, ihr hier den Hahn zuzudrehen. Nicole reagierte dann mit ihrer intriganten Art, indem sie ihre Eltern gegeneinander ausspielte. Wider Erwarten hing daraufhin der Haussegen schief, der nächste Ehestreit war vorprogrammiert. Sie schaute zu, war stets auf ihren Vorteil aus.

Dass ihr Verhalten nicht nur Vorteile bringen würde, das hatte ihr Marco schon oft an den Kopf geworfen. Jetzt schien die Zeit gekommen zu sein, an dem das Schicksal zurückzuschlagen schien. Denn das, was sie nun getan hatte, konnte sie nicht mehr gutmachen. Nicht mit Geld oder gar mit Ausreden.

Es lief wie ein Film vor ihm ab: Marco Feller sah die junge Frau mit einem Male vor dem Wagen. Und es war, als würde sich alles wiederholen. „Pass doch auf!", hörte er seine Stimme sich im Wagen überschlagen. Doch Nicole hatte nicht einmal den Versuch gemacht zu bremsen. Da war nur dieser heftige Knall und der Wagen drohte auszuscheren. Dann sah er ihren Körper

durch die Luft fliegen, der dann mitten auf dem nassen Asphalt liegen geblieben war. „Anhalten! Wir müssen ihr helfen", hatte er ihr immer wieder zugerufen. „Ein Arzt muss kommen, hörst du? Ein Notarzt!" Doch es kam keine Reaktion von seiner Schwester. Sie trat lieber das Gaspedal durch, nachdem sie den Wagen wieder unter Kontrolle gebracht hatte, und fuhr in die Dunkelheit davon.
„He, wo warst du gerade mit deinen Gedanken?", Nicole zog ihn an seiner Jacke. „Bruderherz?"
Bevor Marco wieder in die Gegenwart zurückgekehrt war, vernahmen sie das Durchziehen eines Waffenhahnes hinter sich. Als sie sich langsam umdrehten, schauten sie in den Lauf eines Revolvers und konnten dahinter das ernste Gesicht von Stefan Hagen erkennen.
„Darf ich mich vorstellen? Ich bin der Verlobte von Valerie Bergmann. Und ich nehme an, dass ich es Ihnen zu verdanken habe, dass der Termin unserer Hochzeit ausgefallen ist?"

Susanne war gerade in die Seitenstraße eingebogen, als sie dort am Straßenrand einen jungen Mann taumelnd und mit den Armen in der Luft herumfuchtelnd auf sich zukommen sah. Sie hielt an, kurbelte die Beifahrerscheibe runter und fragte, ob etwas nicht in Ordnung sei.
„Sie müssen mir helfen", stammelte er. „Wir müssen die Polizei informieren. Dieser Kerl hat Nicole entführt. Und er wird sie umbringen." In

seinen Augen stand die nackte Angst geschrieben.

„Nicole? Und welcher Kerl? Wovon sprechen Sie denn?" Nachdem sie aus dem Wagen gestiegen war, sah sie die Platzwunde an seiner Stirn. „Was ist geschehen?"

„Nicole ist meine Schwester", begann er zu erzählen. „Sie hat nachts in alkoholisiertem Zustand eine junge Frau angefahren. Soviel ich weiß, hat sie wohl die schweren Verletzungen nicht überlebt. Vor etwa einer halben Stunde stand so ein Typ vor uns, der uns mit einem Revolver bedrohte."

Stefan, schoss es Susanne durch den Kopf. Ihr gefror das Blut in den Adern. Wo konnte er sich jetzt wohl aufhalten? Die Gedanken in ihrem Kopf überschlugen sich, und sie wusste, dass es ein Wettlauf gegen die Zeit war, Stefan Hagen schnell zu finden, ehe er Schlimmeres anstellen konnte.

Susanne fasste sich und wandte sich Marco Feller zu. „Beten sie, dass wir die beiden finden, ehe etwas geschieht, was niemand verantworten kann."

„Dort ist sein Wagen", Susanne hatte Stefans Wagen schon von weitem gesehen, nachdem sie von der Konrad-Adenauer-Straße abgebogen war. Der Kleinwagen stand auf dem Parkplatz bei dem Einkaufszentrum, wo sie und Kirsten sich vergangene Nacht getroffen hatten.

Nachdem sie den Motor abstellte, zog sie aus dem Handschuhfach eine Pistole, die sie nach Prüfen des Magazins entsicherte.

„Sie warten hier, verstanden?" Sie warf einen Blick auf Marco, dessen Augen sich beim Anblick auf die Pistole geweitet hatten. „Und machen Sie keine Dummheiten."

„Wer oder was sind Sie eigentlich?", fragte er beinahe tonlos. „Mir genügte es, schon einmal mit einer Schusswaffe konfrontiert worden zu sein."

Susanne lächelte. „Ach so, Sie wissen ja gar nicht, mit wem Sie es zu tun haben. Mein Name ist Susanne Marquart, ich bin Privatdetektivin." Mit diesem Satz war auch schon der Zündschlüssel gezogen, und sie verschwand mit der Pistole in der Hand Richtung Stefans Kleinwagen

Mit geschultem Blick erkannte sie, dass der Wagen in Eile verlassen worden war. Die Fahrertür stand ein Spalt offen, im Innern drang Musik aus dem Radio. Ein Blick in alle Richtungen, aber von Stefan und dieser Nicole keine Spur.

„Gib mir bitte die Waffe." Sie erkannte die Stimme von Stefan hinter sich. Das Spannen eines Waffenhahnes folgte. „Sie könnte losgehen, Susanne."

„Wo kommst du auf einmal her?" Um ihre Mundwinkel zuckte es, während sie sich langsam umdrehte und in sein Gesicht schaute. Es war ihr nicht bewusst, schon zuvor einmal solch einen entschlossenen und eiskalten Blick gesehen zu haben wie den von Stefan Hagen. Sie besann sich jedoch, als sie an Jürgen Bennent zurückdachte, mit dem sie für kurze Zeit liiert gewesen war und der zu guter Letzt selbst keine Skrupel hatte, auch sie zu töten. Zu was ein Mensch alles fähig sein konnte, wenn der Hass ihn überkam.

Sie ließ langsam ihre Waffe sinken und legte sie sich langsam bückend auf den Asphalt. „Was hast du nun vor, Stefan?"
Stefan ließ Susanne nicht eine Sekunde aus den Augen, als er ihre Waffe aufhob und sagte mit ruhiger und gefestigter Stimme: „Psychologische Experimente nutzen bei mir nichts. Ich falle nicht auf solche Spielchen rein. Also lass es lieber."
„Ich versuche dich nicht zu überzeugen", die junge Frau machte vorsichtig einen Schritt zurück. „Ich will nur wissen, wo Nicole ist? Ist sie wohlauf?"
Stefan nickte. „Aber nicht mehr lange. Sie wird ihre gerechte Strafe dafür bekommen, was sie Valerie angetan hat." Urplötzlich füllten sich seine Augen mit Tränen. Er sah wieder Valeries Gesicht vor sich, und da war wieder jenes Lächeln, von dem ein mächtiger Zauber ausging. Doch als Susanne eine Bewegung wagte, war er wieder zu Stein geworden. „Weißt du, diese Frau hat meine Zukunftsträume zunichte gemacht. Und sie wird dafür bezahlen. Ich und Valerie wären nun verheiratet, wenn diese Betrunkene nicht gekommen wäre. Hast du schon einmal einen Polizisten vor der Türe stehen sehen, der

dir eröffnet, dass eine geliebte Person in deinem Leben tot ist? Einfach aus dem Leben gerissen, und du konntest dich nicht von ihr verabschieden?" Er machte einen Schritt um seinen Wagen herum und öffnete den Kofferraum.

Susanne sah, wie Nicole zusammengekauert und gefesselt im Kofferraum lag.

Stefan zog sie unsanft an dem T-Shirt heraus, und sie wäre beinahe gestürzt. Als sie jetzt so aufrecht vor ihnen stand, setzte er den Revolver an ihre Schläfe. „So, nun verabschiede dich von deinem Leben."

Susanne bemerkte seine Entschlossenheit und sah, wie Nicoles Gesicht kreidebleich wurde. Aus ihren Augen rannen Tränen. „Bitte nicht", jammerte sie. Sie zitterte am ganzen Körper. „Bitte..."

Es war Nicoles Glück, dass Stefan Hagen für kurz zögerte, den Waffenhahn durchzuziehen, und dieser Bruchteil einer Sekunde war der Ausschlag dafür, dass Marco hastig von hinten herantrat und Stefan eine Flasche Wein, die er im Auto von Susanne gefunden hatte, überzuziehen. Stefan stöhnte auf und sank zu Boden.

Und erst jetzt sah Susanne auch Kirsten mit ihrem Cabriolet auf den Parkplatz auffahren...

„Was glaubst du, was auf Stefan zukommen wird?" Susanne kehrte aus ihrer Küche ins Wohnzimmer zurück und stellte das Tablett mit zwei Tassen Cappuccino auf dem Tisch ab.

„Vor Gericht?" Kirsten Berger nahm die beiden Tassen vom Tablett. „Zumindest hat er erst mal Ärger wegen des unerlaubten Waffengebrauches am Hals. Aber sonst glaube ich nicht, dass er vom Gericht her große Schwierigkeiten bekommen wird. Was Nicole und Marco Feller angeht, die haben genug mit sich selbst und der Justiz zu tun." Kirsten schmunzelte auf einmal. „Alles in Allem bin ich recht zufrieden. Stefan hat ja schließlich in Ulf Reuter einen guten Anwalt."

Ende

Epilog

Als ich 1991 „High Society – Made in Germany" entwarf, hatte ich bereits ein genaues Konzept vor Augen, wie die Geschichte in etwa auszusehen hatte.

Da ich selbst und gerne lese, machte ich mir auch Gedanken darüber, dass es sog. Leichtlektüren geben sollte, einfach Geschichten in Form von Episoden, so wie es auch die üblichen Serienhits im TV gibt, die Spannung, Humor und all die anderen Dinge gleichzeitig miteinander vereinen, wie sie vielleicht nur in größeren oder umfangreicheren Werken wiederzufinden sind.

Nun, die erste Episode im Rohentwurf stand: Da gab es einen Privatdetektiv namens Oliver Bernauer, der die Fälle einer renommierten Rechtsanwältin löste. Oliver Bernauer war in meinen Augen zwar die ideale Romanfigur, doch sie befriedigte mich nur wenig. Und so wurde aus Oliver Bernauer „Kirsten Berger", eine junge Detektivin von Mitte zwanzig, die frech von ihrer Art her ihre Aufträge „auf ihre Art" löst. Da sie in gewisser Weise auch gegen die Gesellschaft schwimmt, muss sie oft Tiefschläge einstecken, mit denen sie äußerlich versucht fertig zu werden. Auch aus der damaligen Rechtsanwältin wurde schließlich ein Mann, in dem mehr als nur der Jura-Mensch steckt. Er ist, offen gesagt, verliebt in Kirsten Berger, aber er muss erkennen, dass er bei ihr stets auf Ablehnung stößt. Um nun diese beiden Hauptpersonen in meinem „Roman" zu ergänzen, habe ich der Hauptdarstellerin eine Geschäftspartnerin zugespielt, und das ist Susanne Marquart. Sie ist eine Frau mit weiblichen Reizen und Charme, aber auch einem Gespür für drohende Gefahr, einfach auch die perfekte Detektivin. Sie ist das Gegenteil von Kirsten Berger. Kirsten lernt Susanne erst in ihrem ersten richtigen Fall kennen, bei dem beide Frauen in tödliche Gefahr geraten.

Ich versuchte in diesen Tagen, in denen ich begann, meine Idee dieser drei Personen an meinem PC umzusetzen und diese auch in ein normales Bild für den Leser zu rücken: Wir sehen hier Kirsten Berger, Susanne Marquart und Ulf Reuter. Sie sollen dem Leser den Eindruck vermitteln, als seien sie der gute Freund in allen Lagen, die freundlichen Nachbarn von Nebenan oder sogar so vertraut wie Familienmitglieder.

Die Schriftstellerin